講談社文庫

十万石の誘い

公家武者信平(のぶひら)ことはじめ(七)

佐々木裕一

講談社

目次

十万石の誘い——公家武者信平ことはじめ（七）

第一話　信平、大名屋敷に乗り込む

一

紀州和歌山城の本丸御殿の廊下に歩み出た松姫は、竹島糸の手を借りて草履を履き、庭に下りた。

糸の肩にそっと手を置いた松姫は、白い綸子地に菊、もみじ、銀杏などをちりばめた打掛姿で、右足を少々引きずり気味に、一歩一歩、用心して歩みを進めた。

「姫様、痛みますか」

気遣う糸に、松姫はかぶりを振り、笑みで応じて手を離した。

「無理をなさらないでください」

心配する糸の前で、松姫は一人で歩み、緋毛氈が敷かれた長床几にたどり着いた。

糸の手を借りて長床几に座ると、そこで待ち受けていた渋川昆陽が、姫の右足を自分の膝に置き、包帯を取った。

火事から逃げる際、右足に負った火傷の傷は、夏のあいだは思わしくなかったのだが、湯の峰から運ばせた温泉の効き目もあり、完治とまではいかぬものの、ずいぶん良くなっている。

具合を診ていた昆陽は、目を細めた。

「爪が伸びてきましたな。この分だと、年を重ねるごとに、傷痕が目立たぬようになりましょう。あと一月もすれば、前のように歩けますぞ」

「そなたのおかげです。礼を申します」

松姫は、包帯を巻く昆陽に頭を下げた。

昆陽は姫の足に草履を履かせると、優しい顔で見上げた。

「江戸からの知らせでは、町が見違えるほど復興しているそうですぞ。姫がお戻りになられる頃には、以前のように、活気に満ちておりましょう」

「信平様の御屋敷は、どうなっておろうか」

松姫が訊くと、昆陽が不思議そうな顔をした。

「それがしより、姫のほうがお詳しいのではございませぬか」

松姫は目を伏せて、かぶりを振る。

「文はいただくのですが、町の様子ばかりで、御屋敷のことは何も」

「なるほど、信平様らしい」

松姫は、昆陽に不安そうな顔を向ける。

「何も申されぬのは、未だに不便な仮住まいをなさっておられるからではないかと思うのです」

昆陽は微笑んだ。

「あのお方のことですから、江戸中を忙しく走り回っておられましょう。いかがです、一人で歩けるようになられたのですから、信平様に知らせておあげになっては。姫の回復を知られれば、屋敷の普請を急がれるかもしれませぬぞ」

「それは妙案です」

糸が口を挟んだ。

「姫様、さっそくお知らせしましょう。屋敷はまだかと、催促なさいませ」

松姫は恥じらう面持ちをした。

「そのようなこと、わたくしにはできませぬ」

昆陽が身を乗り出して促す。

「遠慮はいりませぬぞ。姫様は奥方様なのですから、お書きなされ。信平様は、大慌てで屋敷を建てられましょう」

「まあ、昆陽までそのようなことを」

松姫がくすくすと笑うのを受けた昆陽が、白髪の眉毛を下げて楽しげに笑った。

その様子を、茶室に隠れてそっと見守っているのは、松姫の父、権大納言徳川頼宣だ。

頼宣は、愛娘の笑みを久々に見ることができて、ほっと胸をなで下ろした様子となり、側近に声をかける。

「外記」

「はは」

控えていた戸田外記が歩み寄り、背後に正座した。

「信平の屋敷はどうなっておるのだ」

「普請は進み、年内には完成するとのことです」

「何？」

頼宣は、驚いて振り向く。

「先月はじまった普請が、年内に終わるだと？」

「はい」

「小屋を建てておるのか、信平は」

「はあ？」

「いくらなんでも、早いと申しておるのだ」

「そのことに関しては、江戸屋敷からは何も申してきませぬ」

「急ぎ様子を探らせろ」

外記は戸惑い、返事をしない。

頼宣は右の眉を上げた。

「なんじゃ。苦しゅうない、申せ」

「では遠慮なく。信平殿の屋敷を探って、いかがなさいます」

「小屋か家か分からぬようなところへ姫は渡せぬ。小さければ、普請方に命じて取り壊し、建て替えさせろ」

外記は目を見張った。

「我が藩が、信平殿の屋敷を建てるのですか」

頼宣は荒い鼻息をついた。

「屋敷は、姫が暮らすに相応(ふさわ)しい物でなくてはならぬ。行け」

「はは」

急ぎ手配に向かう外記を見送った頼宣は、鼻をふんと鳴らして、松姫に眼差(まなざ)しを戻す。自力で部屋に戻る姫がよろけたのを見て、思わず障子(しょうじ)の桟(さん)をつかんだ。

糸に助けられた姫が笑みを浮かべたのに安堵(あんど)し、

「信平め、早(はよ)う迎えに来ぬか」

思わず小言(こごと)が出た。

その声が糸の耳に届き、

「はい？」

糸は昆陽に顔を向けた。

頼宣が茶室に隠れていることを知っている昆陽は、慌てて咳払(せきばら)いをして、

「あいや、なんでもござらぬよ」

苦笑いをして誤魔化(ごまか)した。

二

葉山(はやま)家別邸の庭は、離れに仮住まいしていた者たちが手入れを怠らず、半年のあい

だに、見事な庭園に造り上げられていた。

鷹司松平信平は、美しい庭を眺めながら、珍しく酒を飲んでいた。紀州和歌山で静養している松姫から、嬉しい知らせが届いたからだ。

年内には、帰ってこられるだろうか。

松姫が火傷を負ったことを知らされたのが夏だったが、以来ずっと案じ、治癒を願い続けていただけに、期待に胸を膨らませた。

「静かなものですな」

葉山善衛門が言いながら歩み寄り、信平の隣に座った。

紅く染まったもみじの葉がひらりと舞い、信平の膳の中に落ちた。

信平は、葉を拾って大盃に入れると、酒を注ぎ、善衛門に渡した。

「もみじ酒とは、風流ですな」

善衛門は、一息に飲み干すと返杯した。

「殿、奥方様から、文が届いたそうですな」

「うむ」

「お怪我は、いかがでござる」

「一人で歩けるようになったそうじゃ」

「おお、それは何よりでございますな。いや、良かった。旨い酒を、もう一杯いただけますかな」

善衛門は嬉しそうな笑みを浮かべた。

信平が盃を渡し、なみなみと注いでやると、善衛門は一口二口飲み、旨いと言いながら、安堵の息を吐いた。

空になった盃を下に向けて振り、信平に返して酌をしながら言った。

「今日は城へ行ってまいりましたが、大名屋敷が続々と棟を上げておりましたぞ。本丸御殿も普請が進み、曲輪内は活気に満ちております」

「さようか」

信平はそう返しただけで、庭を眺めながら酒を飲んだ。

善衛門が、横顔を覗き込むようにして、指をもじもじとやる。

「殿」

「旨い」

「はい。この酒は旨うござる」

釣られた善衛門が、そうではないと膝を打ち、

「殿の御屋敷も、もうすぐ完成しますな」

そう告げて、また覗き込む。

信平は庭を見たまま問う。

「何が言いたいのじゃ」

「それは、その、御屋敷が完成するのですから、そろそろ、奥方様にお知らせしたほうがよろしいかと」

「姫は、桜が咲く頃には戻ってまいろう」

「それがですな殿、小耳に挟んだ話によりますと、御公儀は江戸の混乱が収まったと判断し、春を待たずして、諸侯を呼び戻すそうですぞ。紀州様にも、年内にはお戻り願うそうです」

信平は善衛門に顔を向けた。

「では、姫も帰ってまいるのか」

「むろんですとも。でございますから殿、屋敷の完成をお伝えすれば、奥方様が喜ばれますぞ。長旅に力が湧くというものです」

「うむ」

信平はやおら立ち上がると、文机に向かい、松姫に文をしたためた。

一見落ち着いて見える信平であるが、姫に会える日が近いと思うと気がはやり、筆先が落ち着かない。頭の中は松姫の顔しか思い浮かばず、紙の巻物を二本無駄にして、ようやく書き上げた。

初めは心配そうに見守っていた善衛門であるが、すっかり酔った様子で、崩れた姿勢で座っている。

姫との再会を楽しみに手紙を書き終えた信平は、紀州藩の屋敷へ届けさせるべく、人を呼びに廊下へ出た。

首を垂れて座っている善衛門は、信平が近づいてみると、気持ちよさそうな寝息を立てていた。起こさぬように廊下を歩み、お初たちがいる台所に向かうと、いち早く気付いたおつうが、慌てて板の間に座り、頭を下げた。

信平が酒を取りに来たと思い、詫びたのだ。

「酒はもうよいのだ。佐吉を捜しているのだが」

おつうとおたせが声を揃えて、見ていないという。

丁度外から戻ってきたお初が、台所にいる信平に驚き、何ごとかという顔をした。

濃い茶色の矢絣の着物を着たお初は、信平が書状を持っていることに気付き、察して口を開く。

「使いでしたら、わたしがまいります」

持っていた器を置き、信平の前に歩み寄った。

「これを、紀州藩に届けてほしい」

「奥方様へのお手紙でございますね」

「ふむ」

「かしこまりました」

お初は唇に笑みを浮かべて手紙を受け取ると、大事そうに布に包み、明かりも持たずに、日暮れ時の外へ出かけて行った。

夜道を歩むのは、佐吉よりお初のほうが安心だと信平は思い、奥の部屋に戻った。

善衛門はまだ眠っていたので、信平はそっとしておいてやり、一人で酒を飲んだ。

そこへ佐吉が現れ、門の外で立木屋弥一郎の使いと話していたと告げた。

「明晩、殿を深川にお招きしたいとのことにございます」

「麿を？」

「はい。長屋がすべて完成した祝いと、御屋敷のことで相談したいことがあるとかで、是非とも足をお運び願いたいそうです」

「けしからん」

突然、善衛門が言った。

「ご老体、何がでござるか」

佐吉が眉をひそめたが、返事がない。寝言だったのだ。

信平が問う。

「使いの者は、返事を待っているのか」

「はい」

「では、まいると伝えてくれ」

「かしこまりました」

佐吉は頭を下げて立ち去った。

信平が、大火で行き場を失った者たちのために私財を投じて建てた長屋は、立木屋の助けもあって、深川に三十棟もある。頼宣が立木屋に預けた一万両も、長屋の普請と、避難者の救済に使われているのだが、口止めをされている立木屋は、信平に伝えていない。

家主は立木屋が務め、店賃は、出世払いと有る時払いで、実質無料であった。

家や仕事を失った者たちが大勢暮らしているが、江戸の町が復興を遂げようとしている今は、長屋の住民も仕事をはじめ、少ないが、店賃を納めるようになっていた。

弥一郎が信平を呼び出したのは、集まった店賃の使い道と、信平の新しい屋敷について相談があったからだ。

　翌日の夕方、善衛門と佐吉を従えて、信平は深川に渡った。

　弥一郎が待っている料亭朝見に入ると、

「いらっしゃいませ。立木屋様がお待ちです」

　女将のまゆみの出迎えを受けて、部屋に案内された。

　庭が見渡せる部屋に入ると、弥一郎と弥三郎兄弟が待っていた。

「祝いと聞いたが、二人だけか」

　善衛門が、なんとなく憮然とした様子で言うと、

「他人に聞かれてはならぬ相談もございますので。お許しを」

　弥一郎が答え、畳に両手をついた。

「信平様、おかげさまをもちまして、残る一棟が一昨日完成し、これで、すべての普請が終わりましてございます」

　信平は微笑んでうなずく。

「世話になった。弥一郎殿のおかげで、大勢の民が命を救われた。皆に代わって、礼を申す」

「信平様、そのようなことをされては困ります」

頭を下げる信平に驚いた弥一郎は、慌てて頭を下げた。

信平は頭を上げ、弥三郎と目線を交わして顎を引き、まだ頭を下げている弥一郎に告げる。

「屋敷の相談を聞こう」

弥一郎は頭を上げた。先ほどとは表情を一変させ、神妙に答える。

「実はその、御屋敷の母屋のことで、御上からご忠告がございまして」

信平が応じる前に、善衛門が口を挟んだ。

「何、忠告じゃと」

弥一郎は、善衛門に顔を向けてはいと答え、信平に告げる。

「千四百石に見合う門構えと御殿にすべしと、申されました」

信平は、困った。

「麿の力では、今のが精一杯だ。上様にはお許しをいただいておるのだが、忠告をされたのは、どなたか」

弥一郎は、ばつが悪そうな顔をした。

「どうした立木屋。答えぬか」

善衛門が詰め寄ると、弥一郎は背中を丸めて、ぼそりとこぼす。

「紀州様です」

「なんじゃと！」

善衛門が口をむにむにとやり、鼻息を荒くした。怒りを言葉にしなかったのは、作事奉行のいやがらせに遭い、なかなか決まらなかった屋敷の土地を、頼宣が救いの手を伸ばして、上屋敷の土地を切り分けてくれたからだ。

善衛門の気持ちを代弁したのは、佐吉だった。

「困りましたな。屋敷の土地は、六千二百十八坪もござる。目安を申せば、ご近所の三万石今尾藩の土地四千余坪より広いのですから、四方を塀で囲み、門を構えるだけでも、石高以上の構えとなっており申す。母屋が小さく見えるのは、土地が広すぎるからではござらぬか。目の錯覚にござると、言うてやりなされ」

善衛門が膝を打った。

「おお、それは妙案じゃ。立木屋、佐吉が申したように言うてやれ」

二千石の葉山家にくらべても、信平の屋敷の母屋は小さい。長屋の建築に私財を投じているのだから、母屋に回す金などないのだ。

板挟みとなった弥一郎が、困り果てた顔をしているのを見て、信平たち三人は、沈黙した。

はっとなった善衛門が顔を上げ、

「まさか頼宣侯は、我が家が小さいのを言いがかりに、奥方様を渡さぬと申したのではあるまいな」

すっかり家来面で、信平の屋敷を我が家と言う善衛門であるが、弥一郎は手をひらひらとやり、そうではないのだという。

公儀の役人と共に紀州藩普請奉行の中越某が普請場を訪ねて、母屋が御殿とは言えぬほど小さいと指摘した上で、紀州藩が、鷹司松平邸の普請を受け継ぐと申し出たのだ。

これには、信平は驚いた。

善衛門がすかさず口を開く。

「殿、そういうことでしたら、土地相応の屋敷を建てていただきましょうぞ」

信平は苦笑いをして首を横に振った。

「それでは、これまで普請に力を注いでくれた棟梁や大工たちの苦労が無駄になる。麿は、今の大きさで十分じゃ。姫と、皆と暮らせるならそれでよい」

佐吉が賛同する。

「そうですとも。今から建て替えたのでは、奥方様がお戻りになるまでに、間に合いませぬぞ」

善衛門は、それもそうだと引き下がった。

弥一郎が遠慮がちに問う。

「では、信平様。このまま進めてもよろしゅうございますか」

「ふむ。頼む」

弥一郎は、顔色をぱっと明るくして安堵した。

「よかった。実を申しますと、普請場を仕切っている源一(げんいち)親方が、中越様が来られてからというもの、へそを曲げてしまって困っていたのです。これで親方も、機嫌をなおしてくれるでしょう」

信平は微笑んでうなずいた。

「完成は、いつ頃になりそうじゃ」

「続行が決まりましたので、年内には必ず」

弥一郎は約束すると、

「さて、これからは、お祝いをさせてください」

廊下の障子を開けて手をたたいた。

程なく廊下に女将のまゆみが座り、膳を持った仲居たちが座敷(ざしき)に入ると、信平の前に料理を並べた。鮑の煮物や鯛といった豪華な料理が、三つの膳にずらりと置かれている。

佐吉は、目の前に置かれていく料理に目を丸くし、あいや、あいやと、いちいち声をあげていた。

次々と料理が運ばれる中、信平は、弥三郎を見ていた。

弥三郎は、豪華な料理には目もくれず、一人の仲居に目を奪われていたのだ。

弥三郎が呆けているのは、鮮やかな藍色の着物が似合う、色白の女だった。ふくよかな頰が優しげな面立ちをした女は、弥三郎の熱い視線に気付いたのか、ちらり、ちらりと目を向けると、恥ずかしそうにうつむき、膳を調えている。

信平が見ているのに気付いた弥三郎が、慌てて居住まいを正し、仲居を見るのをやめた。

まゆみも、弥三郎の挙動に気付いたらしく、信平に目配せをして、くすりと笑った。

弥一郎が口を開く。

「長屋の家主をまかせていただいたお礼の気持ちでございます。今宵はたっぷりと、お楽しみください」

酒宴がはじまると、まゆみが信平のそばに来て酌をした。

「初めて見る顔であったな」

「おみつのことですか」

「ふむ」

「つい一月前に雇ったんですよ。器量よしで、よく働く娘です」

「弥三郎は、一目惚れか」

信平は、おみつが下がった途端に寂しそうな顔をした弥三郎を見て、女将と顔を合わせて笑った。

「弥三郎さんのために、呼んでさしあげましょう」

まゆみはそう言うと、おみつを呼びに行った。

程なく、おみつがまゆみと共に座敷に戻り、弥三郎の前に座り、銚子の酒をすすめた。

いきなりのことに慌てた弥三郎は、見る間に顔を赤く染めて、恐縮している。

そんな弟を見て弥一郎も気付いたらしく、

「どうした弥三郎。酒を飲む前から顔が赤いぞ」

からかった。

一目惚れでまいっている弥三郎は、まともに酌を受けられぬほど、盃を持つ手を震わせている。

愛妻家の佐吉は、そんな弥三郎を楽しげに見つめ、善衛門は、若い二人に優しい目を向けていた。

「弥三郎殿、ぽおっとしてないで、名を訊かぬか」

善衛門に背中を押されて、弥三郎はやっと、おみつの顔を見た。

「せ、拙者、増岡弥三郎にござる」

声を裏返しながら言うと、おみつが笑った。

「おみつです」

「は、はい」

だらしのない声を出したので、皆がどっと笑った。

そのほんわかとした場の空気を一変させたのは、恐縮しながら入ってきた番頭が、まゆみに発した一言だった。

「女将。鳥山様が、おみつさんをお望みでございます」

鳥山の名を聞いた途端に、まゆみとおみつの顔が強張ったのである。

三

「鳥山様の所へは、わたしがまいりましょう」

　まゆみが言うと、おみつが止めた。

「わたくしのせいで、ご迷惑をおかけしてはいけません」

「大丈夫。まかせておいて」

「でも……」

　まゆみはおみつの言葉を遮り、

「癖が出ているわよ」

　耳元で、そう言った。

　言葉づかいを指しているのか、おみつが慌てて、手で口を塞いだ。

　女将は、大丈夫だと言っておみつの肩をたたき、信平たちにゆっくりするよう告げて座敷を辞した。

　残されたおみつが不安そうな顔をしているのを見て、弥三郎が声をかけた。

「鳥山というのは、何者なのだ」

返答を躊躇するおみつに代わり、番頭が教えた。

それによると、鳥山某は、丹後寺津藩の国家老の息子だという。大火のあと、父の命で江戸にくだり、人手が足りぬ下屋敷に詰めているという。朝見の馴染みである商人の紹介で、時々店に来るようになっていたのだが、一月前におみつを雇ってからというもの、三日にあげず通い、妾になれと、しつこく迫っているらしかった。

「妾とは、無礼な」

弥三郎が憤慨して言った。

自分なら正室にするという意味であろうかと、信平は、弥三郎の口調と態度で、ふとそう思った。

善衛門は、腕組みをして、首をかしげている。

「いかがした、善衛門」

信平が訊くと、善衛門が顔を向けてきた。

「寺津藩と申せば、藩主は東極丹後守殿にござる」

「それが、何か」

「殿もご存じでしょうが、東極家は徳川家にとっては外様。ですが、室町から続く名家にござる。東極家の国家老の倅ともなれば、厳しく躾けられているはず。将軍家御膝元で、悪評を立てるような真似はせぬと思いますが。番頭、鳥山殿は、おみつを妾ではなく、側室に望んでおるのではないか」

すると、番頭が手をひらひらとやり、膝を進めて善衛門に近寄った。

「そんな良いお人じゃありませんよ。酒癖が悪く、手を焼いているのですから」

「では、妾のことは、酒に酔うた席での申し出か」

「はい。お酒が入ると、色欲が増すと申しますか、なんと申しますか、おみつを雇う前は、女将に言い寄っていたのですから」

「おいおい、そんな奴の前に、女将を一人で行かせて大丈夫か」

佐吉が横から心配すると、

「ええ、それは大丈夫です。今はおみつのことしか、見えていないご様子ですので」

番頭が、ちらちらとおみつを見ながら教えた。

おみつは弥三郎の隣でうつむき、怯えた顔をしている。それほど、鳥山という男が横暴なのだ。

「ちと、様子を見てまいろう」

信平が立とうとするのを、善衛門が止めた。

「殿が出るほどのことではござらぬ。ここは、それがし、いや、佐吉、おぬしが行って、見てまいれ」

「承知」

大柄の佐吉が身軽に立ち上がり、欄間(らんま)をかがんで次の間に下がった時、廊下で、困りますと言うまゆみの声がしたかと思うと、荒々しい足音がして、障子が勢いよく開けはなたれた。

酒に酔って赤い顔をした男が、弥三郎の後ろに隠れたおみつを指差した。

「おみつ、そこで何をしておる。わしの相手をせぬか」

狩衣(かりぎぬ)姿で上座に座る信平のことをまったく気にせぬ様子で、ずかずかと座敷に踏み入ると、弥三郎をどかせて、おみつの手をつかもうとした。

「無礼者！　ここにおわすは――」

「善衛門」

身分を明かそうとした善衛門を信平が止めるのと、弥三郎が大声をあげるのが同時だった。

「よさぬか！」

弥三郎が立ち上がり、鳥山の身体(からだ)を押して廊下に出ると、そのまま突き飛ばして庭に落とした。

酔っている鳥山は、さして抗うことなく尻餅をつき、仰向けに倒れて後ろ頭を打った。

「若！」

別室にいた供の者が騒ぎに気付いて現れ、倒れている鳥山を見て庭に駆け下りた。

家来に起こされた鳥山は、廊下に仁王立ちする弥三郎を睨み上げた。

「お、おのれ、何をするか無礼者め！」

「無礼なのはどっちだ。人がせっかく旨い酒を飲んでいたのを邪魔しやがって」

「黙れ。あの女はわしの物だ。渡してもらおう」

「いやがっているのが分からんのか、このすけべ野郎」

「ほざきおったな」

怒った鳥山は、立って家来の腰から刀を抜き取ると、気合をかけて弥三郎に斬りかかった。

酔った上の乱行だ。太刀筋を見切った弥三郎は一撃をかわし、空振りした腕をつかんで刀を奪い取った。

家来が鳥山に加勢しようとしたが、腕に自信がないのか、弥三郎が切っ先を向けると、脇差を抜くのを躊躇った。

「おのれ、名を名乗れ」

鳥山の家来に言われた弥三郎は、堂々と名前と身分を告げた。

弥三郎は養子だが、将軍家直参旗本だ。身分を知り、さすがにまずいと思ったらしく、家来は鳥山を起こすと、退散した。

「忘れ物だ！」

弥三郎は奪った刀を投げ返し、廊下に仁王立ちして、鳥山たちが立ち去るのを見届けた。

姿が見えなくなると、弥三郎は肩を怒らせて座敷に戻った。

「おい弥三郎、お前、いつの間に腕を上げたんだい」

弟の奮闘に感心した弥一郎に、弥三郎は呆けたような顔で笑ったが、信平の顔を見るや、その場にへたり込んだ。

どこか斬られているのかと思い、皆が案じたが、

「死ぬるかと思った」

弥三郎は、丸腰で真剣に立ち向かったのがよほど恐ろしかったとみえて、信平の顔を見るや、気が抜けたのだ。

慌てたおみつが駆け寄り、手をにぎったものだから、弥三郎はゆでだこのように顔

を赤く染め、夢心地のような表情をした。

「増岡様、大丈夫ですか」

「はい」

弥三郎が、うっとりしておみつを見つめるのを見た弥一郎が、呆れたような顔をまゆみに向けた。

「殿、弥三郎殿は、相当まいっておりますな」

楽しげに言う善衛門に、弥一郎が続いて口を開く。

「弥三郎どうだ、いっそのこと、嫁になってもらえ」

弥三郎が飛び起きた。

「兄上、おみつさんに失礼でしょう」

弥三郎が兄の無礼をあやまると、おみつは恥ずかしそうにうつむいて首を横に振った。

その姿が、まんざらでもなさそうに見えたらしく、弥一郎とまゆみがうなずき合った。

善衛門がめでたいと言って先走ったものだから、弥三郎はもうどうにもならぬ様子で落ち着きがなくなり、皆に見られるのが恥ずかしくなったのか、背を向けて酒をがぶ飲みした。

「なんじゃ、おなごのように照れおって」

善衛門がからかい、そばに寄って酌をしながら言う。

「仲人（なこうど）なら、いくらでもしてやるぞ」

弥三郎は眉尻を下げた。

「ご隠居、もう勘弁してくださいよ」

「誰がご隠居だ」

善衛門は、恐縮する弥三郎の背中を、しっかりせいと言ってたたき、気合を入れた。

思わぬ邪魔は入ったが、楽しい酒宴も終わり、信平は、善衛門と佐吉と三人で舟に乗り、大川（おおかわ）を渡った。

その頃には、朝見が終わるのを待っていた弥三郎が、おみつを長屋に送って行くために、夜更けの道を歩んでいた。

一歩下がって歩むおみつを気にしながら、弥三郎は、恋する気分で夜道を歩んだ。

弥三郎にとって、このような気持ちになるのは初めてのことだった。

言葉を交わすでもなく、夜道を歩む二人の姿を、闇の中で物陰に身を隠し、目で追う者がいた。弥三郎に恥をかかされた、鳥山大輔である。

鳥山は弥三郎を恨み、出てくるのを待っていたのだ。夜露に当たりながら待つうちに酔いがさめていたが、いざその時になると、さすがに町中で旗本を斬るのは躊躇した。それでも執念深い鳥山は、どうにも弥三郎が許せないとみえて、闇の中で白い目を向けた。

「英八郎、あの旗本の跡をつけて、屋敷を突き止めろ。何者か詳しく調べるのだ」

「はは」

命じられた家来が二人を追うのを見届けた鳥山は、猪牙舟に乗り、下屋敷へ帰った。

堀端を歩んでいた弥三郎は、ふと、立ち止まった。

不思議そうな顔をするおみつに、どうやら跡をつける者がいると言うと、おみつが怖がり、身を寄せてきた。

着物の袖をつかまれた弥三郎は、おみつを守ることしか頭になく、気付かぬふりをして歩みを進め、適当な路地に入り、ちょうちんの火を吹き消して物陰に身を隠した。

一寸先も見えぬ暗闇の中に身を潜めていると、おみつの息遣いを感じた。震えてはいなかったが、袖をつかむ手に力が込められていた。
曲者（くせもの）の足音が近づき、近くで立ち止まったのが分かった。あたりを見回している気配があったが、ちっ、と舌打ちをすると、走り去った。

「もう大丈夫だ」

弥三郎が路地へ出ようとすると、おみつが腕をつかんだ。

「こわい」

見つかるのを、恐れているのだ。

弥三郎は大丈夫だと言い、おみつの手をしっかりとにぎり、長屋へ案内させた。

おみつが暮らす長屋は、近頃建った新しい物で、住民のほとんどが、大川を渡ってきた者ばかりだった。

信平が建てた長屋ではなく、深川の開発に伴って、名主（なぬし）が建てさせた長屋だ。

住民のほとんどが普請場で働く者らしく、おみつが帰った時には、どの家も明かりが消えて、寝静まっていた。

どぶ板の音を立てぬように歩み、おみつの部屋の腰高（こしだか）障子をそっと開けると、中に滑り込んだ。

行灯（あんどん）に火を入れて一息ついたところで、弥三郎は帰ろうとした。

「戸締まりを忘れずに」

そう告げて背を返した弥三郎を、おみつが呼び止めた。

「もう少しだけ、いてもらえませんか」

怯えた顔で頼まれて、弥三郎は帰ることができなくなった。

「では、少しだけ」

安堵したおみつが、敷物を出した。

刀を鞘ごと抜いた弥三郎は、遠慮しながら座敷へ上がると、正座した。部屋は六畳一間に、洗い物をする程度の流し台があるのみで狭い。それだけに、おみつとの距離が近く感じられ、一人暮らしの女の部屋に上がるのは初めての弥三郎は、どこに目を向けていいか分からず、落ち着かぬ様子で天井を見上げた。

おみつは流し台から、酒と湯呑みを持ってきた。

家に酒があるとなると、一人暮らしではないのか。

弥三郎はそう思い、訊かずにはいられなくなった。

「誰か、帰ってくるのか」

「え？」

おみつが不思議そうな顔を上げたので、酒があるからと、弥三郎が言う。

おみつは笑顔で首を横に振った。

「これは、料理に使うものですから」

「ああなるほど。そうであったか。ええ？　料理酒？」

するとおみつが慌てた。

「いえ、眠れないと女将さんに相談したら、これをくださったのです」

弥三郎が酒のことではなく、別の意味で安堵したのが伝わったのか、おみつは頬に優しい笑みを浮かべて、酒を注いでくれた。

「では、遠慮なく」

弥三郎は緊張していたせいもあり、酒をぐいぐい飲み、いつの間にか酔って眠りこけてしまった。

そして翌朝、味噌汁（みそしる）のいい香りに誘われて目をさました弥三郎は、炊事場に立つおみつの後ろ姿に仰天（ぎょうてん）し、飛び起きたのである。

四

「何も覚えていないのか」

葉山家別邸を訪ねた北町同心の五味正三は、昨夜のことを弥三郎から聞いて、呆れ顔をした。

おみつと別れた足で信平を訪ねていた弥三郎は、失敗したと言うと、大きな息を吐いて背中を丸めた。おみつの部屋に泊まる気はなかったのだが、緊張のあまり酒を飲みすぎてしまい、気付いた時には朝になっていたのだ。酔ってしまい、途中から何を話したかも、覚えていないのである。

「まさかおぬし、手を出してはおるまいな」

善衛門に言われて、弥三郎は驚いた顔を上げ、それだけはないはずだと、かぶりを振った。

昼餉の膳を持ったお初が居間に来ると、信平の前に置き、下女のおたせとおつうが、善衛門と五味の前に膳を置いて立ち去った。

ふたたび戻ったお初が、意気消沈する弥三郎の前に膳を置くと、給仕をするために、下座に控えた。

五味は手を合わせて、真っ先に味噌汁の椀を持ち上げた。

ねぎと味噌の香りを堪能し、一口するや、くぅっと唸り、お初の味だと喜んだ。

「お初殿。今日も旨いです」

お初は表情を変えることなく、下座に控えている。

「確かに、お初さんの味噌汁は旨いですね」

弥三郎が、噂は五味から聞いていたと言うと、お初は微かに唇に笑みを浮かべ、目を下に向けた。

「味噌汁といえば、今朝いただいたのも、旨かったなぁ」

弥三郎がお椀を持ったまま、遠くを見るような目をしている。

「なんじゃ、朝餉まで食べてきおったのか」

善衛門の問いに、弥三郎ははいと答えた。

「味噌汁の中にとろりとした半熟玉子が入っていて、油揚げと豆腐の具だくさんで、ご飯を三杯もおかわりしてしまいました」

嬉しそうに言う弥三郎の目には、目の前に座っていたおみつの顔しか浮かんでいないらしく、口をだらしなく開けている。

「あぁあ、すっかりいかれてら。これはもう、嫁にもらうしかないな、弥三郎」

五味はからかったつもりだが、弥三郎は、そうなればいいのにと、夢見心地に言った。

「よしよし、ではわしが、仲人をしてしんぜようかの」

善衛門が言うと、五味が即座に返した。

「ご隠居には無理でしょうに」

「誰が隠居じゃ」

善衛門が憤慨し、口をむにむにとやると、五味が、まあまあ、となだめた。

「おい五味、わしが仲人をするのが、何ゆえ無理なのだ」

「ご隠居はだって、お一人身でしょう。仲人ってのは、夫婦揃ってなきゃ――」

五味がそう言ってはっとなり、ああ、と声をあげた。

「まさかご隠居、どなたか想い人がおいでなので？」

「たわけ、わしの女房はこの世に一人だけじゃ。いや、今はあの世か。まあどちらでもよい。お前は細かいことをぐずぐず申すな。わし一人でも、仲人をしてやるわい」

「そいつはいけませんてば、ご隠居」

「大丈夫じゃ。まかせておけ」

「いやいや、いけません。こういうことは、きっちりやらないと」

「おかめのようにゆるい顔をして、厳しいことを申すな」

「この顔は関係ないでしょうに」

「うるさい。つべこべ申すな。わしがすると申したらするのだ」

「だめなものはだめです」

「いいや、わしがする」

二人の争いが延々続くかと思った時、

「お静かに！」

お初が雷を落とし、善衛門の前に湯呑みを荒々しく置き、食わぬなら膳を下げると言うと、善衛門と五味は押し黙り、慌ててご飯をかき込んだ。

お初が怒る姿を初めて見た弥三郎は、ごくりと喉を鳴らして、あっけに取られている。

こほんと空咳をした信平は、場の空気を換えようとして、弥三郎に訊いた。

「して、弥三郎、跡をつけられたと申したが、相手は何者か」

弥三郎は、持っていた茶碗を膳に置いた。

「それが、分からぬのだ」

暗すぎて、見えなかったという。

「殿、それがしが察するに、そ奴は寺津藩の者でございますぞ。おみつの前で恥をかかされたと思い、仕返しをたくらんだのではござらぬか」

身を乗り出して言う善衛門に、信平はうなずく。

「確かに、あの者の目は、危うさを秘めていた。何か、こころに闇があるように思う」

幾度となく悪人を成敗してきた信平ゆえの、勘である。

「弥三郎、くれぐれも、油断せぬようにな」

弥三郎はおうと答えた。

深川で出会った頃の弥三郎は、商人の息子ということもあるが、身体もひ弱で、道場の門弟たちから蔑まれ、金づるにされていた。だが今では、鍛え上げられた体軀も筋骨たくましく、剣の腕も立ち、立派な旗本として生きている。

昼餉を終えて、五味と共に帰っていく弥三郎を見送った信平は、善衛門と部屋に戻り、何をするでもなく、庭を眺めた。頭に浮かぶのは、帰っていく弥三郎の姿だ。一人や二人に襲われたところで倒されるような男ではないが、どうにも心配だった。

「気になりますか」

お初が下座に座り、信平の顔色をうかがうように言った。

「昨夜の様子では、このまま黙って引く相手とも思えぬのじゃ」

「では、寺津藩に探りを入れてみましょう」

「頼む」

お初は頭を下げると、静かに立ち去った。

「善衛門」

「はは」

「弥三郎は旗本ゆえ、店で働くおみつを正妻にするのは、難しいのではないか」

「確かに、このままではできませぬ。しかし、増岡家と釣り合いが取れる家の養女にすれば、問題ございますまい」

「心当たりがあるのか」

「それがしの知り合いに丁度良い家柄の者がおりますので、明日にでも行って、頼んでみましょう」

「うまくいけば弥三郎は喜ぼうが、肝心のおみつは、受けてくれようか」

「一晩を共に過ごしたのですから、いやとは申しますまい」

「ならばよいのだが」

「おみつの素性（すじょう）が、気になりますか」

「これは麿の思い違いかもしれぬが、おみつは、武家の出ではなかろうか」

「確かに、言葉づかいを女将に指摘されておりましたし、仕草（しぐさ）にも気品がござる。まことに武家の娘ならば、知り合いに頼むまでもなく、すんなり縁談を進められますな」

「女将は、知っている様子だったが」

「やけに、親身になってござるな、ご老体」

廊下に控えている佐吉が言うと、善衛門は笑った。信平に仕えるうちに、人の幸せな顔を見るのが喜びとなり、今では、生甲斐になっているのだ。

「では殿、行ってまいります」

善衛門は信平に頭を下げると、いそいそと深川に出かけて行った。

五

寺津藩の上屋敷は、焼失した駿河台の上屋敷が所替えとなり、外桜田に建築中だった。公儀の命で国許へ帰還している藩主が戻る来春までには、屋敷の普請を終えなくてはならない。そのためには人手が必要で、寺津藩も他藩と同じように、国許から大勢の大工と人足を送り込んでいた。

その人足たちを監視する役目を命じられたのが、鳥山大輔であった。

鳥山は、国許でも手を焼くほどの放蕩息子だったのだが、人足たちの目付役ならば務められようと、家老である父、鳥山土佐守大保が命じた。江戸の惨状を見れば、心変わりをして人のために働く気が起きるのではないかという期待もあってのことだろうが、鳥山は、何も変わらなかった。むしろ、親元を離れ、人の目も少ない下屋敷で暮らすことで、放蕩に拍車がかかっていた。というのも、三田にある寺津藩下屋敷は、大火事が起きる以前から賭場が開かれており、無頼者の巣窟になっていたのだ。お役目を頂戴したことで、それなりにやる気になって下屋敷に入った鳥山であるが、賭場を仕切るやくざ者の賄賂と色仕掛けによる誘惑によって、たちまち取り込まれた。

見て見ぬふりをするどころか、率先して賭場を開かせ、得た金で遊びまわっていた。そんな時に、賭場に出入りする商人と親しくなり、料亭朝見で接待を受けた。それが、鳥山がおみつを欲して朝見に通うきっかけになったのだ。

当然、一方的な想いであり、おみつを正妻にする気など、鳥山にはなかった。なぜなら、鳥山には、親に決められた縁談があり、役目を無事終えた暁には、新築の上屋敷に入って藩主の近習として仕えることが決まっており、来春には、国許から、妻となるべき者が江戸に来るのだ。

藩主の近習となり、妻まで娶るとなると、好き勝手ができなくなる。ゆえに、今のうちに羽を伸ばし、思うさま遊んでおこうというのが、鳥山の心情なのだ。

鳥山は、残り少ない自由を邪魔し、恥をかかせた弥三郎を恨み、仕返しをしようというのだから、呆れるほど自分勝手な男である。不幸なことに、それを咎める者は、誰もいなかった。

今も、鳥山の命で弥三郎を探った者が、下屋敷に帰ってきた。

その者は、名を七介といい、代々鳥山家に仕える、忍びである。

忍びと聞いてすぐ頭に浮かぶのが、伊賀者や甲賀者であるが、鳥山家が使う忍びは、探りを入れるに関しては、前者に引けを取らぬ技を持っている。時には、蛇のように家に忍び込み、何日、何十日とその場にとどまり、ある時は姿を変えて相手の近辺に潜り込み、調べ尽くすのだ。

そんな七介が弥三郎を知るのに、手間はかからなかった。増岡家の近隣の中間や下男に近づき、酒や甘い物を使って、命じられて二日後には、調べを終えた。

これにより、弥三郎が商人の倅と知った鳥山は、怒りに身を震わせた。

「町人ごときにこけにされたままでは、鳥山、いや、東極家の恥となる。あの者、生かしてはおけぬ」

側近が焦った。

「しかし、今は旗本ですぞ」

「黙れ英八郎。旗本だろうが容赦せぬ。わしに恥をかかせたことを、後悔させてやる」

「若、お考えなおしください。旗本を斬れば、藩は潰されますぞ」

「案ずるな。わしに良い考えがある」

鳥山はたくらみを含んだ笑みを浮かべて、顎をなでた。

「わしの考えどおりにことを運ぶには、奴をこの屋敷におびき出さねばならぬ。英八郎、七介、ちこう寄れ、今から、わしの申すとおりにしろ」

鳥山は声を潜めて、二人に計画を告げた。

聞き終えた英八郎は、七介と顔を見合わせた。

不安そうな二人に、鳥山は命じる。

「今夜やれ」

「はは」

抗えぬ英八郎と七介は下がり、下屋敷を出ていった。

折悪しく、お初が東極家の下屋敷に忍び込んだのはこのあとで、鳥山は中間長屋に入り、やくざ者と酒を飲みながら、賭場の様子を眺めていた。屋根裏に忍ぶお初の下では、まだ日が高いというのに、商人風の男、浪人、町人といった顔ぶれが集まり、壺振りの動きに、血走った目を向けている。

外に音が漏れぬように締め切られた部屋は、蠟燭の明かりに煙草の煙が霞み、博打を打つ者の熱気と体臭が混ざり、むせ返るような悪い空気が屋根裏にも満ちていたが、お初は顔色ひとつ変えずに潜み、交わされる言葉のすべてを、確実に聞き取っていた。鍛えられたお初の耳には、やくざ者と言葉を交わす鳥山のひそひそ声が、聞こえているのだ。

「関蔵、今日は鴨が大勢来ておるな。入りはどうだ」

「へい。昼から二刻ほどで、二百は稼がせていただきやした」

「ぬしもあくどいのう。少しは相手に稼がせてやったらどうだ」

「浪人風の野郎には、適度に稼がせておりやすよ。暴れられると、面倒ですからね」

「それで良い。商人からは、しっかりふんだくって、文無しにしてやれ」

怒気を帯びた声に、関蔵が返した。

「若、今日は機嫌が悪いですね。どうされたのです？」

「なんでもない。酒を注げ」

「へい」

「夜になったら賭場を閉めて、客を帰せ」

「ようござんすが、誰かおいでになるのですか」

「来る。わしが気に入っている者と、嫌(きろ)うておる者がな」

「はあ、さようで」

「親分にも、一働きしてもらうぞ。腕の立つ者を集めておけ」

「いったい、何がはじまるので」

「なぁに、たいしたことではない。けしからぬ者を始末するだけよ。うまくいけば、お前にもいい思いをさせてやるぞ」

「そいつは、楽しみだ。おう」

関蔵が声音(こわね)を厳しくして子分を呼びつけ、人を集めろと、指図した。

お初は音もなく屋根裏を移動し、下屋敷から去った。

六

「やはり、評判は悪いのか」

信平は、戻ったお初から話を聞き、表情を曇らせた。

鳥山大輔のことは、江戸の藩士たちのあいだでも噂となっており、中屋敷に詰める重役の中には、下屋敷を検めるべきだという者もいるようだった。

しかし、藩内で絶大な権力を振るう鳥山土佐守の息子であるため、仕返しを恐れるあまり、立ち上がる者がいないのだ。

それをよく分かった上での、鳥山大輔の乱行なのである。

お初が告げる。

「やくざ者と、何かよからぬことを相談しておりましたので、念のため、増岡殿には、気をつけるよう伝えておきました」

信平はうなずく。

「弥三郎は、なんと」

「朝見におみつを迎えに行き、関谷道場に匿ってもらうそうです」

「うむ。それだと安心じゃ」

信平が労うと、お初は笑みで応えた。

そこへ、善衛門が難しい顔をして帰ってきた。

「ご老体、そのような顔をしていかがされたのです」

気遣う佐吉に、

「どうもこうもない」

不機嫌に言うと、信平の前に座った。

「殿、弥三郎とおみつの縁談は、だめですな」

「それは、何ゆえじゃ」

「驚くなかれ。おみつはなんと、京橋(きょうばし)の煙草問屋、菱屋五郎兵衛(ひしやごろべえ)の娘でした」

信平が、ぴんとこないでいると、善衛門が驚いた顔をした。

「京橋の菱屋と申せば、江戸でも名が知れた大店(おおだな)。噂では、十万石の大名でも足元にも及ばぬほどの財を蓄えているとか」

信平は目を見張った。

「煙草は、そのように儲(もう)かるのか」

「江戸だけでは知れておりましょうが、元々上方(かみがた)の商人である菱屋は、初代五郎兵衛が江戸だけでなく、九州、四国、中国へと商いを広げて、三代目の今は、初代を凌(しの)ぐ商いをしていると評判でござるよ」

「その大店の娘が、何ゆえ朝見の仲居をしておるのじゃ」

「五郎兵衛が娶った後妻のせいで、家出をしたのです」

「家出とは、穏やかではないな」

「はい」

善衛門が朝見の女将から聞いた話によれば、おみつの生母は八年前の流行り病（はやりやまい）で他界していた。当時十二歳だったおみつは一人娘であったため、五郎兵衛は不憫（ふびん）に思い、それはもう、可愛（かわい）がっていた。

おみつの周りには常に人がおり、大名家の姫のような暮らしをさせていた。

ところが、おみつの母の喪（も）が明けると同時に、五郎兵衛は後妻を入れた。おみつと同じ年頃の娘を一人連れた女を選んだのだが、これが、おみつの不幸のはじまりだった。

菱屋に嫁いだ女は、名をお滝（たき）というのだが、おみつに優しく接したのは、初めの半年だけだった。家に慣れるにつれて態度が変わり、あるじ五郎兵衛を尻に敷いてしまうと、おみつの母親が使っていた家具を処分させ、おみつにとっては形見の品である着物を勝手に売り飛ばし、母の思い出を消し去った。

そんなある日、店の女中がこっそり取っていた母親の着物を仕立てなおして、おみつに着させてやった。そのことがお滝の耳に入って逆鱗（げきりん）に触れてしまい、女中は店から追い出され、おみつの美しい着物や小間物をすべて取り上げると、ぼろの着物を与えて離れに追いやった。

成長と共に母親に似るおみつの目が気に入らぬと折檻し、離れに押し込めて、母屋に渡ることを禁じた。

おみつは、ここはわたしの家だと反抗したが、父親が自分のことで義母から責められるのを目の当たりにして以来、文句ひとつ言わずに、辛い仕打ちに耐えた。

大きくなるにつれて、義母のおみつに対する仕打ちは酷くなり、十五、六の頃になると、店の下女よりもこき使い、父親である五郎兵衛にも、口をきかせなかった。

年上の義姉も、母に倣っておみつを下女扱いし、時には、おみつが着ていた継ぎはぎだらけの着物を指差し、雑巾か着物か分からぬなどと言って無理やり脱がし、庭の泥水に捨てるなどの仕打ちをして喜んだ。年頃を迎えたおみつは、汚い形をしているにもかかわらず、評判の美しい娘になっていたのだが、そのことも、義姉を苛立たせていたのだ。

店の者は、後妻に睨まれるのを恐れて、おみつに救いの手を伸ばすのを躊躇い、陰で見守りながら、涙を流していたのである。

話を聞き終えた信平は、おみつの穏やかな顔の奥にそのような悲しみが秘められていたのかと、胸が締め付けられるような気分になった。廊下に控えている佐吉は、背をこちらに向けて、壁のような背中を小刻みに震わせている。

信平が善衛門に問う。

「仕打ちに耐えかねて、家を飛び出したのか」

「それが、違うのです。実はこれからが、厄介（やっかい）なことで」

善衛門はひとつ息を吐くと、厳しい表情で語った。

義母と義姉の仕打ちに耐えたおみつも、今年で二十歳になっていた。

義母のお滝は、血を分けた二十三歳の娘に婿（むこ）を取り、菱屋を継がせようとしたのだが、その考えを知った番頭たちが、あるじ五郎兵衛に、血筋を絶やしてはならぬと訴えた。

さすがの五郎兵衛も、これには従うだろうと思っていたが、番頭たちに、思わぬことを告げたのだ。

おみつをいじめ抜いた義姉は、五郎兵衛とお滝のあいだにできた子供だったのである。五郎兵衛は、妾だったお滝に、子を産ませていたのだ。

義姉があるじの実の子と知り、番頭たちは、何も言えなくなった。ただただ、おみつが哀れで、泣いてやることしかできなかったのだ。

五郎兵衛は、あかぎれで真っ赤に腫（は）れたおみつの手をにぎり、すまない、許してくれと、涙を流して詫びた。

その姿さえ気に入らぬお滝は、義姉に婿を迎えるまでにおみつを追い出してしまえと、五郎兵衛にことわりもなく、勝手に縁談を決めたのである。

「では、許嫁（いいなずけ）がおるのか」

信平が訊くと、善衛門が悔しげにうなずいた。

「その相手は、四十過ぎになろうかという旗本らしいのですが、飲む打つ買うの三拍子揃った、ろくでなしの男だそうです」

「それがいやで、逃げ出したか」

「女将が申しますには、逃がしたのは父親だそうで。娘を頼むと、女将に宛てた手紙と、百両を持たせていたと」

信平は、胸が痛んだ。

「弥三郎は、このことを知らぬのだな」

「おそらく」

「旗本の名は」

「三百石、大林兼親（おおばやしかねちか）殿です」

「今聞いただけだが、どうも、おみつの縁談には、裏があるような気がしてならぬ」

「それがしもそう思いまして、甥に調べさせております」

「正房殿に？」

「はい。正房には、仲の良い目付役がおりますので、すぐに分かりましょう」

「縁談に裏がなく、まことのことなら、弥三郎は悲しむであろうな」

「あれだけの器量ですから、大林殿も、嫁に欲しがりましょうからな」

「欲しがると申せば、もう一人おる」

「おお、あのたわけ者は、どうなりましたか」

「藩の中でも評判がよろしくない。下屋敷にはやくざ者が巣食うておる様子じゃ」

善衛門はお初を見た。

「まことか、お初」

お初が顎を引くと、善衛門は信平に告げる。

「では、手を打ちませぬと二人が危のうござるな」

「それは心配ない。今頃は、弥三郎がおみつを関谷道場に匿っているはずじゃ」

「さようでござるか。それはよいとして、あの者をこのままにしておくのは、よろしゅうござらぬな。何か手を打たねば。大目付殿に事情を述べて、力を貸してもらいますか」

「東極家の大事にならぬか」

「名を借りるだけなら、大丈夫でしょう」

善衛門は、大目付が目を付けているなどと駄洒落を言い、一人で笑った。

大目付の名を出せば、鳥山は大人しくなるであろうと信平は思ったのだが、事態は、思わぬ方向に向かおうとしていた。

この日の夕刻、いつものように朝見に向かったおみつは、店の前にいる義母の姿を見つけ、慌てて身を隠した。物陰からうかがうと、店の手代を連れたお滝が、朝見の女将に、娘を出せと迫っていた。

その剣幕は相当なもので、道ゆく者たちが立ち止まり、何ごとかと見物している。

深川を江戸の外と思っているお滝は、おみつを出さなければ、人をよこして無理やり連れて帰ると言った。

しかし、肝が据わっているまゆみは、のらりくらりとかわし、おみつがいるともいないとも分からぬ態度であしらった。

公儀の要職の者も使う店なので、紹介も何もない者には、何ごとも教えることはできぬとつっぱねた。これは、料亭朝見の、伝家の宝刀と言ってよい。実際に公儀の要職に就く者がお忍びで来るのだから、大商人の菱屋の内儀といえども、無理なことはできぬ。

慌てた手代に諭されて、お滝はようやくあきらめたのだが、その時にはもう、おみつはその場から逃げ去っていた。

お滝が帰るのを見届けたまゆみが店に戻ろうとした時、弥三郎がやってきたのだが、まだ来ていないというので、中で待つことにした。これが、いけなかった。

長屋に逃げ帰ったおみつは、お滝があきらめて帰ったことを知らず、連れ戻されるのを恐れて、明かりも付けずに、部屋の隅にうずくまっていた。

外が暗くなり、長屋の連中が家の中に入るのを見計らい、忍び込む者がいた。

部屋の隅で震えていたおみつが気付き、声をあげようとしたが、腹の急所に拳を入れられて気を失った。

ぐったりとしたおみつを軽々と担ぎ上げたのは、覆面で顔を隠した七介である。

七介は、表の戸に心張棒をかけて戸締まりをすると、裏から出た。

おみつを担いだまま軽々と垣根を飛び越えると、裏の堀川に走り、英八郎が操る猪牙舟に飛び乗るや、おみつを横たえさせて筵で隠した。

英八郎は周囲に目を走らせて人に見られていないのを確かめると、棹で舟を操り、夜陰に紛れて大川へ滑り出した。

七

血相を変えた弥一郎が葉山家別邸に駆け込んだのは、おみつが攫われた翌朝のことだった。善衛門と佐吉と共に朝餉をすませていた信平は、来客をお初に告げられて、表に出た。

早駕籠を飛ばしてきたとみえて、駕籠かきが息を切らして門前にへたり込み、八平が水を与えていた。

玄関の前で信平を待っていた弥一郎は、顔を見るなり、すがり付くようにして、助けを求めた。

「何があったのじゃ」

「弥三郎が、おみつさんを助けに、一人で寺津藩の下屋敷へ」

「なんじゃと！」

善衛門が驚き、信平の前に出た。

弥一郎が弥三郎の屋敷を訪ねた時には、表情を厳しくした弥三郎が、中間らしき男と話していたという。

中間は、弥三郎に書状を持ってきたのだが、それには、行き倒れていたおみつを寺津藩の下屋敷で介抱しているから、一人で迎えに来いと書かれていた。

弥三郎は、攫っておいて、介抱しているから迎えに来いとは呆れた話だと、中間に言った。すると中間は、迎えに来るのか来ないのか、返答を迫った。

弥一郎は引き止めようとしたのだが、弥三郎は、中間に案内をさせたのだ。

善衛門が問う。

「弥三郎は、言われるがまま一人で行ったのか」

「おみつさんを助けると言って、聞かぬのです」

「大名家の屋敷へ一人で行くなど、殺されに行くようなものだぞ」

善衛門が言った時には、信平は座敷へ戻り、狐丸(きつねまる)をにぎっていた。

お初が廊下に控えて告げる。

「信平様、わたくしがご案内を」

「相手は大名家。生きて帰る保証はないぞ」

信平が言うと、お初は、承知しているという目でうなずく。

「殿、それがしもまいりますぞ」

佐吉が大太刀を背負い、素早く襷(たすき)をかけている。

供を許した信平は、弥三郎を助けるべく、表に駆けだした。

「殿、お待ちを」

善衛門が慌てて刀を取りに戻り、弥一郎が乗ってきた駕籠に乗り込むと、

「休むのはあとじゃ。早う殿を追え！　急がぬか！」

駕籠かきを急き立てて、三田に向けて走らせた。

その頃、中間と共に三田に到着していた弥三郎は、下屋敷の脇門を潜っていた。門番は、にやついた顔で弥三郎を招き入れると、人を見下した目を向けてきた。

「腰の物を預けていただきます」

弥三郎は鞘ごと刀を抜き、大人しく従うかと思いきや、鐺で中間の腹を打って気絶させた。案内してきた者が慌てて逃げようとするのを捕まえて、手刀で首を打つと、白目をむいて倒れた。

弥三郎は玄関ではなく庭に入り、大きく息を吸い込んだ。

「鳥山！　出てこい！」

大音声をあげると、閉てられていた障子が勢いよく開けはなたれ、人が出てきた。藩士にまじり、長どすを下げたやくざ者がいる。

弥三郎は、廊下にずらりと居並ぶ輩を睨み、悠々と歩み出た男に、鋭い目を向け

た。

「鳥山、言われるとおりおみつを迎えに来たぞ。おみつはどこにいるのだ」

「まことに一人で来たのか」

鳥山はあたりを見回し、商人の倅にしては正直者だと馬鹿にした。

「約束どおり一人で来たのだ。おみつを返してもらおう」

「いいとも、と言いたいところだが、そうはいかぬ」

「おみつはどこだ。会わせろ！」

「英八郎、見せてやれ」

鳥山が命じると、家来が別室の障子を開けはなった。

そこにいたおみつを見て、弥三郎は息を呑んだ。

柱に縛り付けられたおみつは、口を塞がれ、がっくりと頭を垂れていたのだ。

「貴様、何をした」

「何もしてはおらぬ。楽しみはあとに取っておくのが、わしの性分でな」

「おのれぇ、おみつには指一本触れさせぬ」

弥三郎は、刀の柄に手をかけた。だが、やくざ者がおみつの頰に匕首（あいくち）を当てたのを見て、手を止めた。

「どうした、抜かぬのか。抜けぬよなぁ」

鳥山が楽しげに言い、家来に目配せをした。その刹那、弥三郎の背後から弓矢が放たれ、唸りを上げて、右腕に突き刺さった。

「ぐあ」

激痛に声をあげた弥三郎が、腕を押さえて膝をついた。

「うははは、痛いか」

「おのれ、旗本にこのようなことをして、ただですむと思うな」

鳥山は高笑いをした。

「商人の倅の分際で、旗本だとは片腹痛い。貴様は、賭場で負けたのを根に持ち、ここにいる関蔵を斬ろうとして、討ち取られたことにする。やくざに簀巻きにされて、どぶ川に捨てられたとあっては、旗本の名折れだ。御公儀は事実を隠し、貴様は病死。増岡家は断絶じゃ」

「く、くそ」

「やれ」

鳥山が命じると、やくざ者が長どすを抜き、弥三郎に斬りかかった。

弥三郎は地べたを転げて刃をかわすと、左手で脇差を抜き、やくざ者の足を斬り払った。

足首を深々と斬られたやくざ者は、悲鳴をあげて転げ回った。

子分をやられた関蔵が、怒りの声をあげる。

「野郎ども、突っ立ってないでやっちまえ！」

親分に言われて、子分どもが一斉に刃物を抜いた。

弥三郎は、脇差を構えて立つと、周りを囲むやくざ者たちを睨んだ。

「野郎」

背後から突こうとしたやくざ者が、弥三郎にかわされて前のめりになった。その尻に弥三郎が斬りつけると、十文字に割れたぶざまな尻を曝して悲鳴をあげた。

休む間もなく、鳥山の家来が斬りかかった。

隙を突かれた弥三郎は、脇差で刀を受けるのがやっとだった。打ち下ろされた刀を、脇差で受け流した刹那、

「てやあ！」

気合と同時に、家来の背後から突き出された鳥山の槍が、弥三郎の脇腹に刺さった。

「うっ、くくぅ」

弥三郎は、咄嗟に槍をかわそうとしたが、僅かにかわしきれなかったのだ。呻き声をあげた弥三郎は、脇腹に刺さった槍の柄をつかみ、引き抜かれぬように踏ん張った。

「わしの邪魔をしたことを後悔しながら、地獄へ落ちるがいい」

鳥山は槍をにぎりなおし、一気に、突き入れようとした。唸りを上げて飛んできた手裏剣が肩に突き刺さったのは、その時だった。

「ぐあ」

深々と刺さる手裏剣に愕然とした鳥山が、槍から手を離して下がり、肩を押さえた。そして、弥三郎の背後にいる女に気付き、鋭く声をあげた。

「おのれ、何奴だ！」

濃い紅色の小袖を着た女は、お初である。

お初は、鳥山の問いには答えず小刀を抜き、逆手に構えた。

「忍び……」

構えを見た鳥山が、顔をしかめた。

「さては、公儀の隠密か。皆の者、この女を生かして出すな」

やくざどもがお初に切っ先を向けて襲いかかろうとしたが、短い呻き声をあげて下がった。お初の背後から、狩衣姿の信平が現れたからだ。

悠然としているように見えて、恐ろしいまでの剣気を放つ信平を前に、やくざどもは、足がすくんでいる。

信平が真顔で告げる。

「鳥山大輔。己の欲望のために我が友を殺めようとしたそちの所業、麿は決して許さぬ」

「ふん。誰か知らんが、大名家の屋敷へ勝手に入るとは愚かな奴め。おい、女の命がどうなってもよいのだな」

鳥山は信平に、刀を捨てろと命じた。

信平は応じず、弥三郎の前に立つと、鳥山と対峙した。

「聞こえぬのか。女を殺すぞ」

「どのおなごを殺すのだ」

「何を寝ぼけたことを」

鳥山がおみつを指差そうとして、愕然とした。壁のような大男が、刃物を突き付けていたやくざ者の背後に現れるや、一ひねりで倒し、おみつを助けたからだ。

「来るなら来てみろ、悪党どもめ！」

佐吉が大音声で言い、薙刀のような大太刀を抜刀して振るうと、やくざ者たちは恐れおののき、座敷から逃げた。

そこへ、駕籠を馳せた善衛門が突入し、へとへとに倒れ込む駕籠かきを尻目に駕籠から立ち上がると、鳥山たちを見回し、声高に言い放った。

「貴様ら、将軍家縁者の鷹司松平信平様と知って刃を向けておるのか!」

すると、藩士たちが動揺した。

善衛門はその者たちに追い打ちをかける。

「知った上で無礼を働くと申すなら、家光公より拝領の左門字が黙ってはおらぬぞ!」

愛刀を抜いて大上段に構え、気合をかけた。

善衛門の大げさな振る舞いに、寺津藩士は怯んだように思えたが、

「冗談じゃねぇ!」

関蔵親分が、大声をあげた。

「これじゃあ話が違う。相手が信平様とは聞いてねぇぞ。江戸の民を大勢救った信平様に逆らうなんざ、まっぴらごめんだ。おれは帰えらせてもらうぜ。おう、野郎ども、刃物を納めろい」

関蔵親分はそう言うと、あっけに取られる鳥山に背を向け、子分を連れて屋敷から出ていった。

「おのれ、裏切り者めが」

鳥山は、帰っていくやくざ者たちに恨み言を投げ、信平に鋭い目を向けた。

「英八郎！」

「はは！」

「構わぬ、こ奴らを斬れ！」

「お、おう！」

英八郎は一瞬躊躇ったが、あるじの命に従い、ごくりと喉を鳴らしながらも、刀を構えた。

信平は、涼しい目を英八郎に向けている。両手を下げたまま無防備に立っているが、英八郎は、一歩も動けなかった。

「何をしておる英八郎。ここは藩邸だ。無断で入ったこ奴らを斬ったとて、咎めは受けぬ！　さっさと斬らぬか！」

鳥山に言われて、英八郎は何度も挑みかかろうとしたが足が動かず、ついに刀を捨てて、その場にうずくまった。

信平は、鳥山に鋭い目を向けたが、あいだに立ちはだかる者がいた。ぼろを纏い、顔を隠した男は、七介だ。

七介は、腰から小刀を抜き、信平に対峙した。その異様なまでの剣気に、佐吉も、お初も身構えた。善衛門は左門字を構え、信平を守ろうとしている。

来る――

信平はそう感じた刹那、狐丸を抜刀して前に出た。同時に、お初が手裏剣を放った。

出鼻をくじかれた七介は、手裏剣を弾きつつ、信平に飛びかかった。この一瞬の遅れが、信平の命を救った。

両者が交差した時、信平は、斬り上げた狐丸の切っ先を上に向けたまま、動きをぴたりと止めた。その背後で、七介は信平に向きなおり、小刀を振りかざした。信平の背に向けて斬りつけようと一歩前に出たが、そこで力尽き、伏し倒れた。

信平の凄まじい剣を目の当たりにした鳥山は、とんでもない人物に手を出してしまったことに気付き、腰が抜けたように、その場にへたり込んだ。

藩士たちは完全に戦意を失っており、呆然自失で立ちすくんでいる。

信平は、その中の一人に声をかけた。

「不埒極まる振る舞いは、いずれ御公儀の耳に入ろう。藩を想う気持ちが少しでも残っているなら、この者を捕らえ、神妙に沙汰を待つがよい」

「はは」

藩士は色を失った顔で頭を下げると、他の者を促して、鳥山と英八郎に縄をかけ、その場から立ち去った。

信平は、お初が介抱する弥三郎のそばに行き、身を案じた。

「なぁに、かすり傷だ」

弥三郎は強がって笑ったが、痛みに顔をしかめた。

「弥三郎様」

おみつが歩み寄り、弥三郎の手をにぎった。

「大丈夫、急所は外れているから」

お初が教えてやると、おみつは安堵して、涙を流した。

信平とお初が気をきかせて弥三郎のそばを離れると、おみつは、横になっている弥三郎に抱き付いた。

それを微笑ましく見ていた善衛門が、

「殿、やはり弥三郎の奴、泊まった晩のことを何も覚えておらぬと申したのは、嘘ですな」

二人の仲を詮索する目で言い、嬉しげな顔をした。

「あとのことは、善衛門にまかせる」

信平はそう言うと、藩邸から出て、赤坂に足を向けた。弥三郎とおみつを見て、普請がすすむ我が屋敷を、無性に見たくなったのだ。

八

信平が城から呼び出しを受けたのは、一月後のことだった。

西ノ丸御殿の書院の間に通された信平は、阿部豊後守、松平伊豆守の両名が見守る中、将軍家綱に頭を下げた。

友を助けるためとはいえ、大名家の屋敷に乗り込んだのだ。信平は、厳しいお咎めを覚悟していた。しかし、将軍の口から出たのは、寺津藩のことではなく、信平の屋敷のことだった。普請がいつ終わるのかを、訊かれたのだ。

「年内には完成する見込みでございます」

「うむ。大納言は、春までには江戸に戻る。そちもいよいよ、妻を迎えるか」

「はは」

「時に、信平」

「はい」

「本理院殿には、会うているのか」

「暑気見舞いにうかがいました」

「夏以後は、会うておらぬのか」

信平は、将軍が姉のことを言ったので、疑念を抱いた。

「何か、ございましたか」

「あのお方は、余にとっては母も同然。その母が、そちのことを案じておられたぞ」

「上様からそのようなお言葉をいただき、恐縮至極にございます」

「そう思うなら、もう少し顔を見せにまいれ。よいな、信平」

「はは」

「余が言いたいことはそれだけじゃ。大義であった」

家綱はそう言うと立ち上がり、信平の前から去った。

代わって口を開いたのは、伊豆守だ。厳しい伊豆守が告げるのは、当然、此度の騒動についてだ。

「寺津藩であるが……」

伊豆守は言葉を切り、厳しい目を信平に向けた。

「藩主東極丹後守殿より、詫び状が届いた。いかなる咎めも甘んじて受けると申してきたが、此度は、上様のご意向で、東極家にはお咎めなしと決まった」

東極家に咎めがないのは、弥三郎にも咎めがないということだ。信平に異論はなく、承知した。

「ただ」と、伊豆守は続けた。「東極殿の逆鱗に触れた鳥山家は、家老職を解かれ、親子共々、蟄居閉門が決まったそうだ。増岡弥三郎には、そのむね伝えてある」

「はは」

信平は、両老中に頭を下げると、書院の間を辞した。

厳しい目をしていた松平伊豆守が、用はすんだとばかりに立ち上がるのを、阿部豊後守が笑みを含んだ顔で見上げた。

伊豆守が横目で見て問う。

「なんじゃ」

「いや、ただ、東極家に厳しい沙汰を下すよう申していた大目付が急に態度を変えたのは、何ゆえかと。穏便にすますよう動いた者がおるはずだが、まさか……」

うかがうような目を向けると、松平伊豆守は顔色ひとつ変えずに、

「知らぬ」

そう答え、書院の間から出ていった。

その後ろ姿を見ながら、

「素直でないお方じゃ」

阿部豊後守は、楽しげに笑った。


信平が葉山家別邸に帰ると、善衛門が待ち侘びたように迎えに出るなり、どうだったかを問うた。

信平から咎めなしと聞くや、善衛門は安堵の息を吐いて胸をなで下ろした。

「これで、心置きなく縁談が進められます」

「うむ」

縁談とは、弥三郎とおみつのことだ。

おみつの許嫁とされていた四十過ぎの三百石の旗本、大林兼親は、葉山正房に頼まれた目付役が、縁談の事実を調べるために本人に問うたところ、何を勘違いしたか、

自ら悪だくみをすべて白状し、縁談を辞退した。

目付役も呆れたその話は、こうである。

お滝が連れて菱屋に入ったその娘は、五郎兵衛の娘ではなく、大林の子だったのだ。

お滝は確かに五郎兵衛の妾だったのだが、めったに顔を出さぬ五郎兵衛を待つ寂しさを紛らわすために、大林と、時々逢引をしていたのだ。

お滝が娘の父親である大林とおみつを夫婦にしようとしたのは、秘密をばらすと脅して金を要求していた大林が、たまたま見かけたおみつの器量に魅了されて、妻に欲しいと、要求したからだった。

大林とお滝の関係を知った五郎兵衛は、騙されていたことを悔しがり、お滝と娘を追い出した。そして、おみつを店に戻そうとしたのだが、朝見の女将の口から、おみつに想い人がいることを知り、罪滅ぼしに、縁談をまとめるよう動いた。

頼られた善衛門は大いに張り切り、菱屋が出した莫大な持参金を持って知り合いの旗本を訪ね、おみつの養子縁組をまとめた。

斉藤某の養女と認められたおみつは、此度の騒動の裁定を待って、弥三郎と夫婦になることが決まっていたのだ。

そして数日後、弥三郎が、おみつを連れて信平を訪ねてきた。

斉藤家の養女となったおみつは、身なりも武家の物に替わり、美しさを増していた。

「おみつ殿、祝言のことを五郎兵衛に伝えてくれたか」

善衛門が訊くと、おみつが明るい顔ではいと答えた。

「そうか、そうか。菱屋にしてみれば、一人娘を嫁に出すのだから跡取りが心配じゃろうが、何よりも、これまで苦労したそなたの幸せが一番じゃ。あきらめてもらおうかの」

「それが……」

おみつは言いかけて、顔を赤くしてうつむいた。

「いかがした」

善衛門が心配すると、

「父ときたら、子をたくさん産んで、一人養子にくれなどと、気の早いことを言うのです」

その子が一人前の跡取りになるまで、長生きをすると張り切っていたという。

「なるほどのう」

善衛門は感心すると、信平に目を向けた。

「殿、弥三郎に負けてはおれませぬぞ」

どさくさに紛れて言う善衛門に、信平は、なんと答えてよいか分からなかった。

第二話　十万石の誘い

一

大火に泣いた明暦三年も終わり、新年を迎えた。

鷹司松平信平の屋敷は昨年のうちに完成するはずであったが、一月ほど延びてしまい、将軍への年賀のあいさつは葉山家別邸から向かった。

大火以後、多くの大名が国許に帰っており、将軍家の仮住まいである西ノ丸を訪れる大名のほとんどが、公儀の要職に就いている者ばかりであった。

一月一日の登城を許されているのは、水戸、紀伊、尾張の御三家をはじめ、譜代大名、徳川に縁故のある外様大名、表高家、諸役人等々、将軍家に近い者や、重役の者に限られていた。今年は、御三家の中で登城しているのは、国が近い、水戸藩主のみである。

松平姓を許され、左近衛少将を拝命した信平もこの日の登城を許されていたが、千四百石の旗本ゆえ、席次は下座に近く、諸侯が居並ぶ先に座る将軍家綱の姿は、顔の輪郭を拝むのがやっとというほど、遠かった。

年賀のあいさつは、大火のあと、城下が迅速な復興を遂げつつあるのは皆のおかげと、将軍家綱の労いの言葉にはじまり、これからも、復興に努力してほしいという願いで、しめくくられた。

公儀が恐れていた謀反も、今のところ起きていない。国許にいる諸大名からは、江戸城本丸をはじめ、町の再建にかかる費用の足しにと、多額の金銀が届けられていた。

今年こそは泰平の年であることを祈願し、信平は、年賀の行事を終えた。

江戸城では、十一日の具足鏡開きまで行事が詰まっている。

具足鏡開きというのは、譜代大名をはじめとする重臣が集まり、家康着用の鎧に拝礼する行事であるが、これをもってようやく、江戸城の年始の行事が終わるのだ。

その具足鏡開きの翌日に、増岡家の屋敷で、弥三郎とおみつの祝言が行われた。

仲人をすると張り切っていた善衛門は、結局、葉山家の当主である甥の正房夫婦に譲り、三三九度を交わす弥三郎とおみつを見て、目を細めていた。

「殿と奥方様にも、固めの盃を交わしていただかなくてはなりませぬな」

善衛門は、しんみりとした顔でそう言うと、目尻を拭った。

「まことに、まことに」

隣に座る佐吉が、うなずきながら目をしばしばさせると、善衛門の肩をたたき、大盃を差し出して酌を求めた。

善衛門が涙を拭き拭き酒を注いでやると、佐吉は、一升は注がれている大盃を一息に飲み干して見せて、皆を喜ばせた。

酒に酔った五味正三が、楽しげな調子で唄いながら踊りだし、おたふくのような頬をさらに膨らませたものだから、おたふく踊りだと皆から言われて笑いを誘い、中には、転げるほど大笑いしている者がいた。

祝言は大盛況に終わり、関谷天甲に誘われた信平たちは、道場に泊まった。

翌朝、屋敷の普請場に行く佐吉は、夜明けと共に帰ったが、信平と善衛門は、天甲と朝餉を摂り、巳の刻になる頃に道場を出ると、猪牙舟を雇い、大川を渡った。

芝口で舟を降り、麻布を通って青山に帰っていたのだが、大火の前は田畑だった場所も、火事に強い城下にするために立ち退きとなった大名家や町の者の家屋敷が建ち、様変わりしている。大工職人や人足たちを相手に商売をする店も増え、麻布は活気に満ちていた。

信平は様子を眺めながら歩いていたのだが、行き交う人の中から斬り合いだという声があがり、立ち止まった。

「殿」

「うむ」

善衛門と共に、人混みを抜けて声がしたほうにゆくと、数名の浪人が、一人の老翁を取り囲んでいた。浪人どもは刀の柄に手をかけ、今にも抜刀しそうな勢いで、老翁を責め立てている。

善衛門が見物人の肩をたたき、何があったのか訊いた。

「鞘が当たったと言って騒いでますがね、あれは、言いがかりですよ」

職人風の男は、浪人たちはこのあたりでは名の知れたごろつきで、ゆすりたかりは日常茶飯事、めし屋では、やれ髪の毛が入っていただの、虫が入っていたなどと言いがかりをつけてはただ飯を食らい、金までせびるという。

道端で美人を見つければ強引に連れて行こうとしたり、金を持っていそうな者を見つければ、今のように、鞘が当たったと言いがかりをつけて脅し、金を出させようとする連中だった。

「なるほど、確かに、金を持っていそうな爺さんだ」

善衛門が言うように、生地のよさそうな茶色の着物と羽織を着け、腰には、こしらえの良い印籠を下げ、手には巾着を持っている。

気が弱そうな顔をした付き人が、懐から財布を出して金を出そうとしたが、引っ込んでおれと、老翁が止めた。

「じじい、金を出さぬのは、斬られても文句はないと取るがどうじゃ」

「ふん。斬れるものなら、斬ってみるがよい。卯吉、わしの刀をよこせ」

老翁が命じると、付き人が、持っていた刀袋を開き、柄をあるじに差し出した。

老翁が勢いよく抜刀したが、刀身の重みに腰がふらついた。

それを見た浪人どもが、ほくそ笑み、

「どこの隠居か知らぬが、刀を抜いたのはそっちが先だ。覚悟せい」

頭目らしき男が抜刀すると、手を出すなと手下に言い、老翁と対峙した。

老翁は、覚悟を決めて刀を構えたが、目の前に現れた狩衣の背中に、目を見張った。

白い狩衣を纏う信平に邪魔をされて、浪人の頭目が鋭い声を発した。

「貴様、そこをどけ!」

「民が暮らす町中での斬り合いを見逃すわけにはゆかぬ」

「何を」

「双方とも、刀を納めよ」

他の浪人どもが一斉に抜刀したが、信平は顔色ひとつ変えずに、頭目を見ている。

一見無防備に見える立ち姿だが、内から発する剣気の凄まじさは、頭目を動けなくしていた。

「おのれ」

刀を構えている頭目の額に、汗がにじんだ。

動かぬ頭目に代わって気合を発した手下の一人が、横から信平に斬りかかった。

信平は、頭目から目を離すことなく、横から打ち下ろされた刃をかわした。

一撃をかわされた浪人者は、振り向いて刀を正眼(せいがん)に構えなおすや、大上段に振りかざしてかかってきた。

信平がすっと腰を低くして前に飛び込み、狐丸の柄で浪人者の腹を打つと、呻き声をあげた浪人者が道にうずくまり、そのまま気を失った。

隙と見た浪人者たちが一斉に斬りかかったが、信平が狩衣の袖を振るって、舞うように身体を転じた時、三人の浪人者の手から、刀が落ちた。信平の隠し刀で、手首を傷つけられたのだ。

見たこともない剣法に恐れをなした頭目は、真っ青な顔で尻餅をついている。

「に、逃げろ」

やっとというように声をしぼり出すと、刀も拾わず、手下を置き去りにして、真っ先に逃げ出した。見物人を突破して逃げようとしたが、誰かに足をかけられて転ぶと、これまで苦しめられていた店の者たちに取り押さえられた。逃げようとした手下どもも、店の者たちが心張棒で打ち据え、気絶させてしまった。

「はは、頼もしい限りじゃ」

善衛門が感心し、近くにいた者に小銭をにぎらせて、役人を呼びに走らせた。

「ふん、いらぬことをしおって」

信平に助けられておきながら、老翁がそう言った。

憤慨した善衛門が口をむにむにとやり、雷を落とした。

「無礼者め！　助けられておいてその口のきき方はなんじゃ！」

「助けなどなくとも、わしが成敗しておったわ！」

老翁が食ってかかると、目をひんむいて、受けて立つべく前に出ようとした善衛門を、信平が止めた。

「殿、お止めくださるな」

「善衛門、麿はなんとも思うておらぬ。よいから、拳を下げよ」

「しかし……」

「そのように青筋を浮かべては、身体にようないぞ。さ、帰ろう」

信平は善衛門の腕を引っ張ると、その場から立ち去った。

道に立ち、去りゆく二人の姿を見ていた老翁は、付き人が差し出した鞘に刀を納め、唇に笑みを浮かべた。

「卯吉」

「はい」

「わしはそこの茶屋で待つゆえ、あの若者のあとを追い、住処(すみか)を突き止めて参れ」

「承知いたしました」

命じられた卯吉は、老翁に刀を渡すと、小走りで信平のあとを追った。

善衛門と青山に帰りながら、信平はふと、ため息をついた。信平がため息をつくなど珍しいと思ったのか、善衛門は聞き逃さずに、訊いてきた。

「殿、何か憂い事がおありで」

「先ほどのことじゃ」

「あの無礼なじじいのことは、お忘れなされ」

「そうではない。年賀のあいさつでは、上様は城下の復興をお喜びになられたが、町には浪人者が増え、今日のような輩も多くなっている。悪事に巻き込まれる民が増えているのではないかと思うのじゃ」

「大名旗本が大火で失った人手を補うと聞いて、日ノ本中から浪人が集まっているせいだと聞いておりますぞ」

「実際来てみれば、仕官の口は少なかったのであろう」

「仕方がございませぬ。どの藩も、上屋敷の再建に大金がいりますし、国許の家来を呼べば、十分に補えましょうから」

「それゆえ、当てが外れて自棄になる者が多いのか」

「困ったことです」

「大きな騒動にならなければよいが」

信平はそう案じながら、葉山家別邸に帰った。門前に駕籠が止まり、駕籠かきと若党が地に片膝をついて控えていた。

「誰か来ているようですぞ」

駕籠の御紋を見て、善衛門が立ち止まった。

「やや、葵（あおい）の御紋にござる。殿、急ぎましょうぞ」

「うむ」

信平は歩を速めた。

すると、信平と善衛門の姿を見つけた門番の八平が、待ち侘びたように駆け寄ってきた。

「殿様、お帰りなさいませ」

「うむ」

「八平、どなたが来られておるのだ」

善衛門が訊くと、八平がへいと答えて、教えた。

「本理院様が、先ほどからお待ちでございます」

信平は驚き、さらに歩を速めた。

遠くからその姿を見ていた卯吉は、信平が中に入るのを見届けると、腰を低くして八平に近づいた。

「あのう」

声をかけられた八平が振り向くと、卯吉は白い歯を見せて笑みを作り、ぺこりと頭を下げた。

「なんだね」

「わたくしは、先ほどこちらに入られたお方に助けられた者でございますが、うっかりお名前を聞くのを忘れてしまい、あとを追ってきたのでございます。是非とも、お名前を教えていただきたいのですが」

卯吉は心得たもので、八平の袖に銭を滑り込ませた。

「いや、そんなことをしてもろうては困る」

八平は、門前で待っている本理院の家来たちの目を気にして返そうとしたが、袖に入れた手を、卯吉が押さえて止めた。

「後日改めてお礼に上がらせていただきますので、お名前をお教えください。教えていただかなくては、わたしがあるじに叱られてしまいます」

「分かった、分かった」

八平は、卯吉が悪い者には見えなかったので、門前から離れて物陰に連れて行き、軽い気持ちで、信平の名を教えた。

鷹司松平の姓を聞いても、卯吉は驚かなかった。老翁の従者として一心に働いてきたので、世間のことをあまり知らないのだ。

名前を忘れぬように紙に書き記した卯吉は、八平に何度も頭を下げて、急いで帰った。

その背中を見送った八平は、門前にいる者たちの様子を物陰から盗み見て、袖に手を入れた。唇をぺろりと舐めて、袖から出した包み紙を開いてみた八平は、あっと声をあげた。小判一枚の大金が、眩く光っていたからだ。

八平は、うっかり相手の名前を聞いていないことに気付いてあとを追ったが、男の姿はもうどこにも見えなかった。

表でそのようなことがあったとは知らぬ信平は、善衛門と共に玄関に向かうと、すぐにお初が迎えに出てきたので、狐丸を預け、本理院が待っている客間に急いだ。

廊下に本理院の若党が控えており、信平は、その横に座ると、

「ただいま戻りました」

実の姉を敬って両手をつき、深々と頭を下げた。

本来なら信平から赴かなくてはならぬと言って詫びると、

「そのようなことはよいのです。吹上は様変わりして出入りも面倒になりましたから、こうして出てまいりました」

本理院はくすりと笑い、市中の様子を見られて良かったと言った。

本理院の言うとおり、御三家の屋敷も城外へ移転された吹上は、本丸を火事から守るための火除け地を兼ねて、広大な庭園になろうとしている。吹上に通じる半蔵門は閉ざされ、門番によって厳しく守られているので、信平といえども、以前のように気軽に出入りすることができないのだ。

「信平」

「はい」

「屋敷は完成したのですか」

「今月には、完成する予定です」

「それは祝着。桜が咲く頃には、姫と暮らせるのですね」

「はい」

「一時はどうなることかと思いましたが、ここまで、よう励みました。お父上も、あの世でお喜びでございましょう」

本理院は、目尻を拭った。

二人の父、鷹司信房は、明暦三年の十二月十五日に、老衰によりこの世を去っていた。庶子として辛く当たられた時期もあった信平であるが、昨年、姉の代理として京に見舞った時に親子の会話ができたことで、信平のこころにあったわだかまりが、雪が解けるようになっていた。

励めと言った父の笑みを思い出した信平は、本理院に頭を下げた。

「本理院様と家光公に興していただいた家を潰さぬよう、励んでまいります」

「それを聞いて安心しました。春には、二人で顔を見せにまいるがよい」

「はは」

「では、わたくしはこれで」

「もうお帰りですか。城までお送りします」

「よい。ちと、寄りたいところがあるゆえな」

「では、表まで」

青山にある尼寺に立ち寄ると言った本理院は、松姫に会うのが楽しみだと優しい顔で微笑み、帰っていった。

二

戻ってきた卯吉から信平の名前を聞いた老翁は、酒の入った盃を干し、大きく肩を上下させて息を吐いた。

「狩衣が気になっていたが、やはり、ただ者ではなかったか」

老翁は考える顔で言ったが、卯吉は何者なのかを訊かず、下座に正座している。

ゆっくりと酒を飲みながら、あれこれと思案をめぐらせはじめた老翁は、名を芝山寒檀といい、丹州岡村藩の、いわゆる軍師であるが、泰平の世の今では、藩主の相談役としてそばに仕えている。

齢六十五にして酒一升を干してもけろりとしている酒豪の寒檀は、最後の一滴を舐めると、店を出た。日暮れ時の道を歩みはじめた時には、考えを決めていた寒檀は、しっかりとした歩を速めて白金に帰ると、岡村藩の中屋敷に入った。

自分の役宅ではなく御殿に行き、出迎えた若党に、殿への目通りを願うと、部屋に案内させた。

広い庭園を横目に長い廊下を歩み、若党が座敷の前で寒檀が来たことを告げると、

「入れ」

奥から、覇気のない声がした。

寒檀は廊下に座って頭を下げた。

「寒檀、どこへ行っておったのだ。ここへ来て、お前も飲め」

「はは」

寒檀が藩主の前に座ると、程なくして、若党が膳を用意した。

「朝から姿がなかったが、どこへ行っていたのだ」

「甘い物を食べとうなりましたものですから、町のほうへ」

「どうせ酒であろう」

「いや、これは、おそれいりました」

寒檀は頭を下げて、急に真顔となった。

「殿に、大事な話がございます」

「まずは飲め」

すでに酔っている藩主は、据わった目で寒檀を見ると、盃を差し出した。寒檀はそれを押しいただき、藩主の酌を受けると、飲み干した。返杯して酌をすると、藩主も寒檀に負けぬ飲みっぷりで、盃を干した。

「して、話とはなんじゃ」

「はは」

寒檀は銚子を置き、畳に両手をついた。

「殿、我が藩の救世主となりうるお方を、見つけましたぞ」

「うむ？」

「我が藩のお世継ぎに相応しきお方を、見つけたのです」

藩主は、酒を飲むのを止めた。

「まことか」

「はい」

「大名の名は？　どの藩の者だ」

藩主は喜び、返答を急かした。

「旗本にございます」

「旗本だと」

「はい」

「誰の倅だ。横田家の者なら申し分ないぞ」

「横田家ではござらぬが、家格は、万石の大名家に匹敵いたします」

「誰だ。もったいぶらずに申せ」

「松平左近衛少将信平様にござる」

信平の名を聞き、藩主松平丹波守直定は、色を失った。

「馬鹿なことを申すな、寒檀。あの者は、紀州様の娘を娶っておるのだ。話にならぬわ」

「さにあらず。紀州様の姫を娶りながら、未だに夫婦として暮らしておりませぬ。噂では、紀州様がお認めになられていないとのこと。結城秀康様のお血筋である殿が、上様にすべてをお話しした上でお願い申し上げれば、信平殿を養子に迎えることを、お許しくださりましょう」

家康の次男である結城秀康を祖父に持つ直定は、十万石を領する岡村藩の二代藩主であり、徳川家一門に名を連ねている。その直定が、昨年の大火で跡継ぎの息子を喪い、御家は存亡の危機に曝されているのだ。

寒檀の考えで、このことはひた隠しに隠し、公儀にはまだ気付かれていなかった。直定が生きているうちに、娘の百合姫の婿養子となる人物を見つけようと、密かに動いていたのだ。

五摂家のひとつである鷹司家の血を引く信平を婿養子に入れることを寒檀に強くすすめられて、直定は、おそれおおいと言い、あきらめようとした。

「殿、弱気になってはいけませぬ。これまで探して、やっと見つけたのですぞ。あのお方を逃せば、この先二度と、我が藩の未来を託せる者は現れませぬぞ」

「姫の婿になってくれる者は、他にもおろう」

「誰でもよいなら、明日にでも見つけられましょう。しかしそれでは、行く末が不安だと申されたのは殿ですぞ」

「それはそうだが、いくらなんでも、相手が悪すぎる。他を探せ」

「いいえ、あの者以外、藩を託せる者はおりませぬ」

「寒檀、今日はやけに押しが強いのう。そんなに惚れたか」

「惚れ申した。六十と五年生きてまいりましたが、殿以外に惚れたのは、初めてにござる」

「亡き直道よりもか」

「これは、失礼を申しました」

「よい」

直定は、ひとつため息をついた。

「なるほど、そのほうにそこまで言わせるとは、噂以上の人物なのであろう」

「信平殿を手に入れることが叶えば、我が藩は安泰ですぞ」

寒檀に強く推されて、直定は思い悩んだ。そして、一晩寝ずに考えた結果、十万石を潰すわけには参らぬと、登城を決断したのだ。

将軍への謁見が叶ったのは、それから五日後のことである。

寒檀と共に登城した直定は、二ノ丸御殿の書院の間に通された。

徳川家康の次男であり、名将の誉れ高い結城秀康の孫である直定の頼みごととあって、書院の間には、会津(あいづ)藩主の保科肥後守正之(ほしなひごのかみまさゆき)をはじめ、阿部豊後守、松平伊豆守たち重臣が顔を揃えていた。

直定が、自分と同じ庶子の家系であることを知る保科は、徳川一門ながらも、結城秀康を祖とする越前(えちぜん)松平家に名を連ねていない直定を哀れに思い、何かと、目をかけていた。その直定が、将軍にたっての願いごとで登城すると聞き、列席していたのだ。

拝謁のあいさつをすませた直定が、顔を蒼白(そうはく)にするほど緊張しているのを見て、保科が助け船を出すつもりで声をかけた。

「直定殿、上様はおこころの広いお方じゃ。遠慮せず、願いごとを述べられよ」

「はは」

四十二歳を迎えたばかりの直定は、年が明けて十八歳になり、精悍(せいかん)な面立ちをしている将軍家綱に、亡き息子の面影を重ね、不覚にも涙をにじませた。

申しわけないとあやまりつつ、涙を拭う直定に、家綱は驚いた。

「いかがしたのだ、丹波」

「いえ」

「余が力になる。その涙のわけを申せ」

そう言われて、直定は両手をつき、息子の直道を大火で喪ったことを明かした。

悲劇を知った家綱は、悲しげな顔をして、隠していたことを咎めはしなかった。しかし、幕政を司（つかさど）る老中たちは、哀れむ気持ちはありながらも、問わぬわけにはいかない。

阿部豊後守が松平伊豆守を見ると、伊豆守はちらりと目を合わせたが、厳しい顔を直定に戻した。

「丹波守殿、そのような大事なこと、何ゆえこれまで黙っておられた」

「家のことを想い、どうしても、言えなかったのです。明るみに出る前に、我が娘に養子を迎え、直道は病死とするつもりでございました」

「では、登城されたわけは、跡継ぎのことにござるか」

伊豆守に問われて、直定は頭を下げた。

「伊豆、岡村藩十万石の跡を継ぐに相応しい者はおらぬか」

家綱が訊いたが、知恵伊豆の異名を取る信綱（のぶつな）といえども、すぐには頭に浮かばぬとみえて、首をかしげた。

「誰か、これはと思う者はおらぬか」

家綱の声に即答できる者は、誰もいない。徳川一門の家督を継ぐ者を、軽々と口にできるはずもないのだ。

押し黙る皆の前で、直定が口を開いた。

「実は上様、我が藩にお迎えしたき人物が、一人おられまする。何とぞ、上様の直臣を養嗣子に迎えることを、お許しください」

「余の直臣とな」

家綱は、身を乗り出した。

「それは旗本か、御家人か」

「お旗本にございます」

「その者の、名を申せ」

「鷹司松平信平様にございます」

その場にいた者たちが、あっと息を呑んだ。

慌てた阿部豊後守が尻を浮かせ、

「丹波守殿、そこもとは信平殿のことを何も知らぬのか」

詰め寄るように訊くと、

「存じ上げております。そのうえで、お頼みしておりまする」

直定は、必死の形相で訴えた。

「上様、信平様を養子にすること、何とぞ、お許しください」

家綱は返答に窮し、目を泳がせた。

「上様、一門である岡村藩十万石を継ぐ者が信平殿ならば、異存はござらぬ」

家綱の叔父である保科のこの発言は、反対を述べようとした阿部豊後守の口を制した。反対するであろうと思っていた家綱が、耳をかたむけたように思えたことも、阿部を驚かせたのである。

家綱は、信平は大名の器であると常々語るだけあって、徳川家一門に名を連ねる岡村藩十万石の藩主となることに、異論はないのだ。しかし、家綱は、返答に困っていた。信平が岡村藩に入るには、松姫と離縁しなければならない。そのことが、家綱の決断を鈍らせているのだ。

家綱が迷っていることに気付いた松平伊豆守が、口を開いた。

「上様、紀州様は、信平殿と松姫様が共に暮らすことをお許しになられたばかりですが、千石の条件を出すなど、元々は、姫をより良い家に嫁がせようと思われていたはずでございます」

家綱は顔を向けた。

「伊豆、そちは何が言いたいのだ」

「それがしも、保科様の意見に賛同つかまつります」

「しかし、頼宣は信平に、屋敷の一部を分け与えたのだぞ」

「それも、娘可愛さゆえのこと。姫により良い縁談をすすめれば、信平殿が大名になることに、異存はございますまい」

「松姫に、他家へ嫁げと申すのか」

「はい」

家綱はしばらく考えていたが、

「この場では決めかねる。信平が良いと言えば、許そう。頼宣に伝えるのは、信平の意志を確かめてからじゃ」

そう言って、明言を避けた。

直定が上段の間に向き、居住まいを正す。

「おそれながら、上様」

「うむ」

「信平様の説得は、この直定におまかせください。それまでは決してお耳に入れぬよう、お願いいたします」

「丹波守殿、何をするつもりだ」

阿部が訊くと、

「我が藩の事情を話し、助けていただくべく、説得いたします。ただ、それだけにございます」

直定は必死に訴えて、許しを求めた。

「そこまで申すなら、そのほうにまかせる」

家綱が認めると、直定は安堵の息を吐き、畳に両手をついて深々と頭を下げ、書院の間から辞した。

控えの間に戻ると、待っていた寒檀が身を乗り出すように訊く。

「いかがでございましたか」

直定は微笑んだ。

「上様は、信平殿次第と仰せになられた」

「おお、ではさっそく白金に立ち戻り、支度をはじめまする」

一足先に帰ろうとする寒檀を、直定が呼び止めた。

「寒檀、そちの申したこと、まことにうまくゆくのであろうな」

「ご案じめさりますな。万事この寒檀めに、おまかせあれ」

寒檀は笑みを浮かべて言うと、白金の中屋敷に帰っていった。

その頃、書院の間を辞した阿部豊後守は、屋敷に戻るとすぐに、巻紙に筆を走らせた。

何度も書きなおしては思案に頭を抱えていたが、半刻（約一時間）かけてようやく一通の手紙を書き終え、家来を呼んだ。

すぐに入ってきた若党に、

「これを、急ぎ紀州藩邸に届けよ。火急のことゆえ、和歌山城に早馬を行かせるよう頼め」

「かしこまりました」

書状を受け取った若党は、その足で紀州藩邸に向かった。

三

本理院と会った日から五日が過ぎた。

朝から晴れた日、信平は善衛門と佐吉、そしてお初の四名で、新しい屋敷を見に行った。

懸念された門構えと、広大な土地を囲う塀は、母屋を小さくした資金を回し、千四百石の旗本として体裁のとれた門構えとなり、塀も、漆喰（しっくい）の壁にされていた。立木屋弥一郎の協力もあり、信平の屋敷は、外から見た限りでは、立派な武家屋敷の構えとなっていたのだ。

お初は、新しい屋敷の台所に入り、使い勝手を確かめている。その表情は嬉しそうで、

「それがしには見せぬ顔ですな」

善衛門が信平に、小声で告げた。

「お初殿、何か不備があれば教えていただきたい。今なら、まだ直せますからな」

毎日のように通っている佐吉が声をかけると、

「まるで普請奉行じゃな」

善衛門がすかさず言い、結構なことだと感心した。

「お初殿、奥方様も使うことがござろうから、悪いところがないか、しっかり見るのじゃぞ」

善衛門が口出ししたのが癇（かん）に障ったのか、

「そのようなこと、言われなくとも分かっています」

お初はきつい口調で返し、つんとした。

信平は、何も聞こえていないふりをして座敷に上がり、廊下に出た。

新しい木の匂いがする廊下に出ると、目の前には庭が広がっていた。植えられた樹木はまだ若いが、松の木は枝ぶりも良く、葉を落としている木々も、春には新緑が楽しめそうだった。

「春までにはこの前に池を掘りますので、今よりもっと美しい庭になりますぞ」

佐吉が説明し、奥座敷へ案内した。

松姫の部屋は、襖に花や鳥などを使った絵柄が施されており、暗い雰囲気にならぬよう、気遣いされていた。

佐吉が大工の棟梁と相談し、大名家の奥御殿をよく知る職人の意見を取り入れて、完成させていた。

一通り見て回ったあと、善衛門が満足そうに藁ぶきの屋根を見上げて言った。

「殿、母屋は藁ぶきですし、決して大きいとは申せませぬが、なかなかに風情があり、良い屋敷でございますな」

「うむ。麿も気に入ったぞ、佐吉」

お初もうなずいたので、佐吉は得意顔で、胸を張った。

「あと十日もすれば畳も入りますので、それ以後はお住みいただけます」

善衛門が喜び、信平に言う。

「あとは、奥方様のお帰りを待つだけですな」

「うむ。皆のおかげじゃ。これからも、よろしく頼む」

信平が礼を言うと、善衛門が目頭を押さえた。

「深川のぼろ屋敷からはじまり、奥方様を娶られて、はや……」

善衛門は年数を指で数えて途中であきらめた。

「江戸に暮らしはじめて、今年で八年目じゃ」

信平が教えると、

「さよう、八年でござる。これまで長うござった。よくぞ、ご辛抱なされました」

善衛門は涙声で言い、感慨ひとしおの様子である。

信平たちは、屋敷を見終えると、門外へ出た。隣は、紀州藩の広大な中屋敷である。大火のあと、一旦はこの屋敷が上屋敷にされることが決まっていたのだが、結局、赤坂御門内に決まり、紀州藩のみが、外堀内に上屋敷を許されたのである。

尾張徳川家が市谷御門外、水戸徳川家が小石川御門外に上屋敷を構え、紀州徳川家だけが外堀内に入ったのは、この数十年後に、頼宣の孫である吉宗が将軍になることを思えば、紀州徳川家が、他の二家より政治力に勝っていたことになる。

それはまだ先のことであり、信平や善衛門たちが知る由もないが、紀州徳川家は、将軍家として歴史に名を刻むのだ。

ともあれ、信平にとっては、紀州藩の上屋敷が赤坂の御門内に離れたことは、肩の力が抜ける思いであった。

善衛門が代弁するかのごとく口を開いた。

「しかし殿、ようございましたな」

「うむ？」

「紀州藩の屋敷のことにござる。初めは、あの頑固おやじの隣に住まねばならぬかと思い、気が重うござったが、上屋敷が御門内に決まりましたから」

紀州藩邸の長屋門を見上げている善衛門に、信平は問う。

「向こうに変わられたわけを、そなたは知っておるのか」

「いや、知りませぬ。お初は、何か聞いておるか」

「存じませぬ」

お初は即座に答えた。

「ああ！」

佐吉が突然大声をあげたものだから、善衛門がわっと飛び上がり、耳を押さえた。

「いきなりなんじゃ、たまげるではないか」

「殿、頼宣様はもしや、近々隠居をお考えなのではござらぬか」

「うむ？」

信平が問うのと同時に、

「げえ」

善衛門が大口を開けた。

「家督を譲り、頑固おやじが中屋敷に下がると申すか」

四人は立ち止まり、呆然と長屋門を見上げた。

「十分、考えられますな」

佐吉がぼそりとこぼすと、皆の口からため息が漏れた。

一抹の不安を抱えることになった信平たちは、中屋敷の長い長い土塀を横目に歩み、青山の葉山家別邸に帰った。

四人で居間に入り、下女のおたせが淹れてくれた茶と、おつうがこしらえた塩まんじゅうで一息入れながら、屋敷の話をしていた。

来客があったのは、その時だ。

門番の八平が庭に現れて、岡村藩の岩波某という若い藩士が、信平に目通りを願っていると告げた。

「殿、岡村藩と申せば、徳川御一門にございますぞ」

善衛門が、警戒の色を見せた。数々の事件を解決している信平のことを聞きつけて、厄介な頼みごとを持ってきたと思っているのだ。

「いかがなさいますか」

お初も胸騒ぎがしているらしく、珍しく問うてきた。

元より、できぬことは断るつもりでいる信平は、

「会おう」

何も考えずに、使者を通させた。

程なく、佐吉の案内で客間に来た藩士は、廊下に座って信平に頭を下げ、まずは自分の名を告げると、突然の訪問を詫びた。

「構わぬ。して、麿に御用の向きとは」

「おそれながら、あるじより文を預かっておりますので、お目をお通し願いたく」

岩波は、懐から出した書状を佐吉に渡した。

佐吉から受け取った信平は、その場で封を開け、文に目を通した。読み終えると元

に戻し、岩波に返した。文に、誰にも見せず、返してくれるよう書いてあったのだ。

「ご返答は」

岩波に問われて、信平は即座に返した。

「承知した」

「では、明日、お迎えに上がりまする」

安堵した様子の岩波は、早々と辞した。

佐吉に送られる岩波を目で追っていた善衛門が、信平に顔を向ける。

「殿、なんの用でござる」

「分からぬ」

「はあ？」

「茶会に招かれた」

「茶会ですと？」

「ふむ」

「面識もない殿を茶会に招くとは、いかなる所存でござろうか。何か、厄介なことでも頼むつもりではござらぬか」

「上様が、お許しになられていることじゃ」

「上様が？」

よほどの重大ごとと察したか、善衛門は膝を進めた。

「まことに、茶会の他には何も書かれていなかったのでござるか」

「うむ」

「それにしても、明日のことを今日言うてくるとは無礼な。それがしが、小言のひとつでも言うてやりましょうぞ」

「明日は、麿一人でゆく」

「なんと申されました」

訊き返した善衛門は、お初を見た。

お初も、何かを感じ取ったか、厳しい目をしている。

善衛門が言う。

「なりませぬ。これには、何かたくらみがありますぞ」

「上様が、許されたことじゃ」

「殿」

「案ずるな、善衛門。何か頼まれたとしても、できぬことはきっぱり断る」

「それは、そうですが。一人で来いとは、無礼にもほどがござる」

善衛門は口をむにむにとやり、憤懣やるかたない様子で膝をたたいた。

「たまには、大名屋敷を見るのも良いものじゃ。楽しんでまいろう」

信平はそう言って、微笑んだ。

翌朝、鋲打ち黒塗りの駕籠が葉山家別邸の門前に横付けされ、総勢二十余名の者が、信平を迎えに来た。

その仰々しさに、善衛門は当然であるような顔をしたが、信平は、困惑の色を浮かべた。

岩波に促されて、信平は若党に狐丸を預け、駕籠に乗り込んだ。

心配そうに見送る善衛門たちに、

「夜までには戻る」

そう告げて、前を向いた。

信平を迎えた行列は粛々と道を歩み、白金の藩邸に入ったのは、およそ半刻後だった。

駕籠は、広大な敷地の中屋敷に入ると、御殿の表玄関に横付けされ、信平は、式台に降り立った。

鷹司牡丹の刺繍が施された鶯色の狩衣を着た信平の美しさは、神々しさを漂わせており、出迎えた藩士たちを驚かせた。

藩士たちが頭を下げる中、信平は、裃（かみしも）を着けた中年の藩士の出迎えを受けた。

「江戸家老、秋部義孝（あきべよしたか）にござりまする。此度は、急なお招きに応じていただき、恐縮至極に存じまする。ささ、こちらへ」

腰を低くして案内する秋部に従った信平は、長い廊下の奥の部屋に通された。

八畳ほどの狭い部屋の上座に藩主と思（おぼ）しき人物が座っており、そのすぐ下座に、見覚えのある老翁が座っていた。

老翁は、信平の顔を見るなり、唇に笑みを浮かべて頭を下げた。

「申し遅れました。拙者、芝山寒檀と申します。その節は、お助けいただいたにもかかわらず、ご無礼をいたしました」

「いや」

信平は、浪人から助けた礼をするために、招かれたのだと思った。藩主直定の正面に座り、名を名乗ると、直定はうなずいたのだが、緊張しているのか、額の汗を拭った。

「信平殿、ようまいられた。いま少し、近（ちこ）う寄ってくれぬか」

「はは」

信平は拳を畳につき、膝を進めた。

「もそっと、近う」

「はい」

言われるまま、座敷の奥に進むと、直定は、嬉しげな目で信平を見つめ、二人だけで話したいと言い、家老と寒檀を下がらせた。

どうやら、茶会というのは口実らしい。

信平がそう思っていると、直定が口を開いた。

「実は、今日招いたのは、頼みごとがあるからじゃ。これは、信平殿にとっても悪くない話ゆえ、是非とも、受けていただきたい」

「それは、いかなることにござりましょう」

「わしは回りくどいことが嫌いゆえ、率直に申す。信平殿、わしの娘婿となり、丹州岡村藩を継いでくださらぬか」

信平は内心驚いたが、顔には出さなかった。

「そなたほどの者が、千四百石の旗本のままではもったいない。わしに代わって、丹州十万石の領地を治めてみぬか」

「しかし――」

「信平殿、このとおりじゃ」

直定は、すがるように言い、両手をついて頭を下げた。

「わしは、昨年の大火で跡継ぎを亡くしてしもうたのだ。以来、娘婿に相応しき人物を探してまいったが、十万石を継がせるほどの者にめぐり会えず、いつまでも隠し通せるものではないゆえ、焦っておった。そこへ、そなたの名が上がったのだ。信平殿、頼む。わしの養子になってくれ」

信平は、両手をついた。

「お断りいたします」

「なぜじゃ。十万石の大名になれるのだぞ」

「麿には妻がおりますゆえ、こちらの婿養子にはなれませぬ」

「承知のうえでの、頼みじゃ。紀州様への義理立ては無用にござるぞ。このことは、上様も承知しておられる」

信平は目を見張った。

「上様が？」

「さよう。上様も、そなたをたかが千四百石のあるじにしておくのはもったいないと思うておられるのだ。十万石のあるじになるならぬは、信平殿、そなた次第じゃ」

信平は、悲しい眼差しを下げた。

「妻と、離縁しろとおっしゃいますか」

「松姫とは、暮らしておらぬのであろう」

「わけあって、今は……」

「紀州様は、姫をそなたに渡すのを拒まれていると聞いておる。離縁したとて、文句は言われまい」

「いえ、紀州様にはすでにお許しをいただき、妻とは、春から共に暮らすことになっております」

信平は、詳しいことを教える気もなく、それだけを告げた。松姫と離縁する気など露ほどもないのだから、断るためにあれこれと言うつもりはないのである。

「どうあっても、受けてくれぬか」

「はい」

「よう考えられよ、信平殿。十万石のあるじになれるのだぞ」

「十万石であろうと百万石であろうと、妻と離縁する気はございませぬ」

直定は苛立ちを露わ(あら)に立ち上がった。

「よし、分かった」

憤慨して立ち去る直定を横目に、信平は頭を下げた。長居は無用と思い、帰ろうとしたのだが、直定が部屋から出るなり、障子が勢いよく閉められた。

障子だけではなく、重厚な戸が閉められるような音もしたので、信平は不審に思い、障子を開けてみた。

すると、廊下と部屋は格子で仕切られ、外には、秋部家老と芝山寒檀が座し、深々と頭を下げている。

「これは、どういうことじゃ」

「殿の話をお受けいただくまで、ここを開けるわけにはまいりませぬ」

秋部家老が思いなおすよう迫ったが、信平は応じなかった。

「どうしても、お受けくださらぬなら、いたしかたござらぬ。こちらで、養子縁組を進めまする」

秋部が言い、寒檀と共に立ち去った。

「待たれよ」

信平が声をかけたが、二人は止まらなかった。

信平は、格子戸を開けようとしたが、それは頑丈なもので、押しても引いても、びくともしない。

しまった――

信平は奥に歩み、閉てられていた襖を開けたのだが、その先は板壁となっていた。初めから、返答次第で捕らえるつもりだったらしく、座敷牢に誘い込まれていたのだ。

信平は、格子の外を睨んで嘆息を吐いたが、大声を出すような真似はせず、藩主が座っていた敷物に座り、居住まいを正した。

信平は、騒がずに、相手があきらめるのを待つことにしたのだ。

「信平殿は、落ち着いておられます」

秋部家老が座敷牢の様子を知らせると、直定が不安をこぼした。

「寒檀、このような真似をして、まことに大丈夫なのであろうな」

「ご案じめさるな。必ずや、説得して見せまする」

「信平殿の家来はどうする。戻らぬと騒ぎだすぞ」

「そのことも、手を打ってござる」

寒檀はそう言うと、目を閉じて黙考をはじめた。

四

善衛門が痺れを切らせて、銘刀左門字を持ち、信平を迎えに行くと言いだした。

外はすでに日が暮れ、小雪が舞いはじめている。

「ご老体、わしもまいりますぞ」

佐吉がちょうちんを持ってあとを追い、共に門を出た。

しばらく道を進んだところで、善衛門が立ち止まった。分かれ道を左に行きかけて、右にきびすを返した。そしてまた立ち止まり、指を左右している。

「ご老体、何をされているのじゃ」

「岡村藩の屋敷はどっちじゃったかの」

「知らずに行こうとしたのですか」

「殿が心配で、知らぬのを忘れておったわい」

「かぁー」

佐吉が呆れると、善衛門がむすっとした。

「遅い！」

「なんじゃ偉そうに、おぬしこそ知らぬのであろうが」

「とりあえず、こっちに行ってみますか。道ゆく者に訊けば、知っている者に出会えましょう」

佐吉が適当に左を指差した。

善衛門がそれに従って歩みはじめると、目の前にお初が現れた。

呆れたような顔でため息をついたお初が、善衛門を睨み、言葉ではなく顎を振って反対だと教え、先に立って歩みはじめる。

「お初は知っているようじゃぞ」

善衛門が恐る恐る言い、お初のあとに続いた。

前をゆくお初が盛り場を抜けようとした時、酒に酔った浪人が声をかけ、近づこうとした。

善衛門がその者の袖を引っ張り、小声で伝える。

「おい、悪いことは言わぬ。やめておけ、痛い目に遭うぞ」

「なんだじじい、おれとやり合おうっていうのか」

「たわけ、わしではない。あの娘は恐ろしいと、親切に教えてやっておるのだ」

善衛門の言葉など聞いていない様子で、浪人者がお初を追いかけ、

「その女、待たぬか」

肩に手をかけた刹那、浪人者の身体が宙に浮き、町家の障子戸を突き破って突っ伏した。

善衛門が、痛みに呻く浪人のそばに行き、にやけた。

「だから申したであろうが、馬鹿者」

「お二人とも、急ぎませ」

お初に言われて、善衛門と佐吉は、はいと答えてあとを追った。

半刻もせぬうちに白金の中屋敷に到着した善衛門は、出てきた門番に、信平のことを訊いた。すると門番は中に入り、藩士を連れて戻ってきた。

若い藩士は、信平を迎えに来たと言われて、困惑した表情を浮かべた。

「信平様は、昼間のうちに当家を出られましたが」

「一人で帰られたのか」

「お送りすると申し上げたのですが、用があるとおっしゃいましたもので、遠慮いたしました」

「さようか」

善衛門は、深川にでも渡られたかと言い、顎をなでた。

信平のことだ。ふらりと渡り、長屋の連中の様子を見に行ったのかもしれないと、善衛門は思ったのだ。

「分かり申した。ご無礼つかまつった」

善衛門は若党に頭を下げると、佐吉とお初を促し、来た道を戻った。

少し進んだところでお初が立ち止まり、中屋敷の門に振り返った。

「どうした、お初」

善衛門がお初の視線の先を見ると、門前に藩士の姿が増えており、こちらを見ていた。

お初はふたたび歩みはじめたが、善衛門は見送る藩士たちに頭を下げ、帰途についた。

お初が歩きながら言う。

「何か、変だと思いませぬか」

「何が変なのじゃ」

「信平様のことです。なんだか、まだあの屋敷におられるような気がするのですが」

「なんじゃと」

善衛門は立ち止まり、ふたたび門に振り返った。門前の灯籠の明かりに人影はなく、目の前の塀の中は静かで、見張られているような気配はないように思えた。

「殿のことじゃ。ふらりと深川に渡られた……」

善衛門はそこまで言った時、まさか、と息を吞んだ。

佐吉が訊く。

「ご老体、いかがした」

「殿は、何かしらの頼みごとをされて、お受けになったのではなかろうか。それゆえ、市中のどこぞに行かれて、頼まれごとを片付けようとされているのやもしれぬ」

「なるほど、殿のことですからあり得ますな」

「ええい、それならそうと、わしに一言申されたらよかろうに」

「誰にも言えぬことなのかもしれませんね」

お初が心配そうに言い、藩邸の塀を見上げた。

その塀の中にいる信平は、出された夕餉(ゆうげ)に手を付けず、格子の内側の障子を閉めて外から見えぬようにすると、暗闇の中で正座していた。

廊下に置かれた明かりに照らされた人影が障子に映え、障子に開けた穴から中を覗き見る者がいたが、信平は微動だにせず、座っている。

日が暮れるまでのあいだ、直定は信平のもとを何度も訪れては、十万石を継いでくれと、説得を繰り返した。

だが、信平の松姫への想いが揺らぐはずもなく、きっぱりと断り続けた。このまま夜を迎えれば善衛門たちが騒ぎだす。今出してくれるなら、監禁したことには目をつむると言ったのだが、直定は、どうしても信平を養子にしたいと言い、出さなかった。

信平は、座したまま朝を迎え、夕餉の膳と替えられた朝餉にも、手を付けなかった。昨日から水も飲んでおらず、横にもなっていないが、瞑目したままの信平は、昔のことを思い出した。

京に暮らしていた時、剣の師である道謙と共に心身の鍛錬をするために、幾度となく断食の修行をしていたのを、思い出したのだ。

三日や四日飲まず食わずでも、耐えることができる。

信平は、相手が根負けすることを願いつつ、静かに座り続けた。

朝餉が出されて程なく、廊下に直定が現れた。

直定は、朝餉に手が付けられていないのを見て表情を曇らせたが、見張り役は首を横に振り、小声で教えた。

「夜中も、ずっとお座りになられたままでした」

直定は渋い顔をして、障子を見つめた。

「このままでは、いけませぬな」

自室に戻った直定にそう言ったのは、寒檀だ。

「どうする」

「次なる手を、打ちまする」

「何をするつもりじゃ」

「信平殿が、我が藩の誘いに応じたと、噂を流すのです。紀州様は気位の高いお方。信平殿に言われる前に、松姫との婚姻をなかったことにしようとなさるでしょう」

「まことに、そうなるのだな」

寒檀は顎を引いた。

「覚悟を決めて、かからなければなりませぬぞ」

「何をするのだ」

「信平殿の気持ちを変えるために、今夜からは、百合姫様に食事をお運びいただきましょう」

「姫を、信平殿に会わせるのか」

「百合姫様の美貌に敵う者は、どこを探してもおりませぬ。信平殿とて男。きっと、心が揺らぎましょう」

「あい分かった。姫には、秋部、そちが伝えよ」

「かしこまりました」

秋部家老は頭を下げて応じたが、顔には、困惑の色を浮かべていた。

そしてこの日の夜、座敷牢で座り続けている信平の前に、百合姫が現れた。

雅な柄の打掛姿の百合姫は、松姫に勝るとも劣らぬ絶世の美女でありながら、気心も優しく、囚われの身となった信平が絶食していると聞いて哀れに思い、牢を見張る若党に、せめて一口だけでも食べてもらうためだと言い、自分を中に入れるよう命じた。

百合姫は、わざと牢の扉を開けさせて、信平を逃がそうとしたのだ。

若党は困惑したが、命に従って姫を中に入れるため、格子の内側から閉められている障子を開けた。

座敷牢の奥で、敷物に座っている信平に西日が当たった。

微動だにせず、西日に照らされて座っている信平の姿は、神々しく、美しかった。

信平を初めて見た百合姫は、その美しさに息を呑み、一瞬だが、信平を逃がしたくない気が起こり、そう思っている自分に驚いた。信平と目が合った気がして、慌てて袖で顔を隠し、逃げるように立ち去った。

五

岡村藩が流した噂は、数日で紀州藩の江戸屋敷に伝わった。藩主頼宣が不在の屋敷内は騒ぎになり、江戸家老は、まずは真相を確かめるべく使者を出した。

葉山家別邸を訪れた紀州藩江戸家老名代(みょうだい)の老武士、丸山庄右衛門(まるやましょうえもん)は、不機嫌な面持ちで、客間に座った。

信平が岡村藩へ養子に入ることを承諾したなどと、善衛門は寝耳に水であり、逆に、なんのことかと訊き返したが、丸山は、惚(とぼ)けるなと言って、取り付く島もない。

丸山は、善衛門を睨んで問う。

「いったい、どういうことにござるか」

「どういうことかと訊きたいのはこちらのほうでござるよ。殿が、なんと申したか、ええい、名を思い出せぬわい」

「百合姫にござる」

「そうじゃ、そうじゃ。殿がその百合姫との縁談を承諾したなどと、あろうはずがござるまい」

「しかしですな、現に岡村藩は、御公儀に正式な許しを願い出ておられるのですぞ！」

　善衛門は愕然とした。

「馬鹿な。あり得ぬ！」

　二人の問答は次第に声が大きくなり、ある、ないと言って顔を突き合わせ、今にも取っ組み合いになりそうな気配だった。

　佐吉が止めに入ったので大ごとにはならなかったが、真相を突き止めたい丸山は、信平が釈明に出てこぬことも妙だと言い、引き下がらなかった。

「信平殿は、何ゆえ顔を出されぬ」

「殿は……」

　善衛門は躊躇したが、隠すとさらに疑われると思い、正直に言った。

「殿は、今はおられぬ」

「どこへまいられた」

「知らぬ」

「葉山殿ほどの者が、知らぬとはどういうことじゃ」

「岡村藩の藩邸に招かれたきり、もう二日も戻ってこられぬ」

「なんと……」

丸山は目を丸くした。

「さては、十万石に目がくらみ、早くも岡村藩の屋敷に入られたな」

やはり噂はまことだと言って、丸山は立ち上がった。

「国許におわす殿にお知らせいたす。ごめん！」

「待たれよ。岡村藩の藩邸に殿がおられるかどうか分からぬのに、紀州様のお耳に入れられては困る」

「問答無用！」

丸山は肩を怒らせて帰った。

「まずいですぞ」

佐吉が焦り、あとを追おうとしたのだが、善衛門が止めた。

「ご老体、何ゆえ止められる」

佐吉が責めるように問うと、善衛門は身体の力が抜けたように、肘掛けにもたれかかった。

「引き止めて、なんとするのだ。殿は、戻ってこられぬのだぞ」

信平を信じる気持ちが、丸山に対しては強気な態度を取らせていたが、善衛門の胸の中には、不安が膨らみつつあった。

お初が、老中からの呼び出しを告げに来たのは、丸山が帰って間もなくのことだった。

善衛門は渋い顔で応じる。

「お初、豊後守様に知らせたのか」

「役目ですから」

「いくら役目でも……」

少しは考えろという言葉を飲み込んだ善衛門は、ため息まじりに問う。

「して、豊後守様はなんとおっしゃった」

お初は真顔で告げる。

「信平様は、おそらく岡村藩の藩邸におられるだろうと」

「では、あの噂はまことということになるではないか」

「そのことで、お話があるそうです」

「分かった、とにかくまいろう」

急いで登城した善衛門は、阿部豊後守と松平伊豆守の両名に会い、伊豆守から、思わぬことを教えられた。

岡村藩が、信平を養子に欲しがっていることと、岡村藩の願いは、信平の返答次第で許すと、将軍家綱が認めた事実を知らされ、善衛門は目を見張った。

「殿は、そのことを知っておられるのですか」

阿部が首を横に振る。

「それは分からぬ。だが、上様は確かに、信平殿が承知すれば養子を許すとおっしゃったゆえ、丹波守殿が耳に入れておるやもしれぬ」

善衛門は動揺した。

「では、殿はまことに十万石を選ばれた、というのもあり得ますな」

肩を落とす善衛門に、阿部が告げる。

「上様は口では許すとおっしゃったが、信平殿が誘いに応じるとは思うておられなかったはずだ」

善衛門は明るい顔をした。

「それがしも信じられませぬ」

すると、伊豆守が口を挟んだ。

「そのいっぽうで、上様は信平殿に、十万石を治めさせたいと思われたのも事実」

阿部はうなずき、善衛門に言う。

「それゆえに、信平殿の考え次第だと、仰せになられたのだ」

「我らの知らぬところで、そのようなことがござったのですか」

善衛門は、ふたたび肩を落とした。その肩を、阿部がたたく。

「案ずるな。信平殿が戻らぬのは、きっと丹波守殿の誘いを断ったからだ」

善衛門は顔を上げた。

「それは、どういうことです」

「丹波守殿は、信平殿を屋敷にとどめ、説得しておられるのだろう。岡村藩松平家は、跡継ぎを喪って焦っている。紀州徳川家と一戦交える覚悟で、信平殿を手に入れるつもりだ」

善衛門ははっとした。

「だとすれば、殿は囚われているやもしれませぬぞ。何か、お助けする手はございませぬか」

「監禁まではされておるまい。心象を悪くすれば、信平殿が応じぬからな」

「藩主を呼んで、お訊ねできませぬか」

阿部が渋い顔を横に振った。

「訊いたところで、説得するための止め置きと言われれば、それまでじゃ。ここは、待つしかあるまい」

岡村藩が徳川一門ゆえ、強く出られぬというのが二人の本音。

善衛門は口をむにむにとやり、では今しばらく、信平の帰りを待つと言って、老中の前から辞した。しかし、二ノ丸の門を出る頃には、どうやって信平を奪い返すか、そのことで、頭が一杯になっていた。

善衛門は、皆と相談するために歩を速めたが、お初はすでに動いていた。岡村藩の藩邸に忍び込むべく、白金に向かっていたのだ。


夜を待って藩邸に忍び込んだお初は、広い敷地を走り、御殿が見渡せる築山に潜んだ。

御殿の周りには篝火が焚かれ、手槍を抱えた藩士たちが、油断なく見張っている。

その物々しさに、お初は、信平は御殿の中にいると確信した。そして、警固の様子から、囚われているのではないかと思い、助け出すため御殿に向かった。

庭に潜み、御殿の様子を探ったお初は、格子で閉じられた部屋を襷がけの藩士が守っているのを見て、中に信平がいるか確かめるべく、御殿に忍び込もうとした。

見張りの数が多いが、お初は強行した。

「曲者！」

あと少しのところで気付かれ、お初は屋根裏に潜むのをあきらめて、屋敷から逃げ出した。

「何ごとだ」

騒ぎを聞き、直定と寒檀が廊下に現れた。

家来から、曲者が座敷牢に近づこうとしたことを告げられた寒檀が、庭に鋭い目を向ける。

「忍びか」

「そのように見えました」

答える家来を下がらせた直定が、不安そうな顔で寒檀を見た。

「信平殿の家来が探りに来たのではないか」

「あるいは、紀州の者かもしれませぬぞ」

直定は驚いた。

「紀州の忍びが、信平殿を奪いに来たと申すか」

寒檀は答えず、警固の者に問う。

「信平殿の姿を見られたのか」

「いえ」

「ならばよし。殿、ご安心ください」

「うむ」

「警固の人数を増やせ、蟻一匹、屋敷に入れるでないぞ」

家来に命じる寒檀の横で、直定は、憂鬱そうな顔をしていた。お初を知らぬ直定は、忍びが紀州の者ではないかと思い、若い夫婦を割いてまで養子に迎えることに、後ろめたさを感じたのだ。

六

さらに日にちが過ぎ去り、丸山庄右衛門の知らせを徳川頼宣が受け取ったのは、箱根の本陣だった。

頼宣は、阿部豊後守からの一報を受け、すぐに腰を上げて江戸への帰途についたのだ。

阿部は、将軍家綱の許しを得て、頼宣を呼び戻していたのだ。

箱根の本陣で丸山の文を読み終えた頼宣は、にぎり潰した。

「おのれ信平、十万石に目がくらみおったか」

戸田外記の前でそう言うと、ふっと、鼻で笑った。

「などと、わしが怒れば、直定めの思う壺。外記」

「はは」

「やはり阿部豊後守が知らせてきたとおり、直定は、信平を奪うつもりじゃ」

「いかがなさいます。このことが姫様のお耳に入るのはよろしくないかと存じます」

「うむ」

頼宣はうなずき、手あぶりの炭火に文を近づけ、焼き捨てた。

「信平は、岡村藩の屋敷に捕らえられているやもしれぬ。急ぎ江戸に戻り、助けてやらねば」

「どうやって、お助けに」

「決まっておろう、直定めの屋敷に乗り込むのよ」

「まさか、戦(いくさ)をするつもりですか」

「たわけ、戦などするか」

「では、乗り込んでなんとされます」

「頭のひとつや二つ、直定に下げてやるわい」

そう言って不敵に笑う頼宣のことを、戸田は、あんぐりと口を開けて見ていた。

「勘違いするでない。信平のためではなく、姫のためじゃ」

「ははあ」

「わしが江戸に戻っていることを、直定めに教えてやれ。会いたいと申せば、あきらめて信平を解放するやもしれぬ」

「では、すぐに書状を送ります」

「急げ」

「はは」

徳川頼宣が江戸に向かっていることは、翌日伝わった。

「寒檀！　頼宣様が、屋敷に来ると申されておるぞ。信平殿を離縁させる気など、ないのではないか」

「恐れてはなりませぬ。まだ手はあります」

「どのような手があると申すのだ。あの頼宣様が来られるのだぞ」

「その前に、信平殿を説得して見せまする」

「ご無礼つかまつりまする」

　秋部家老が声をかけて、廊下に座った。

　直定は苛立ちを露わに問う。

「どうした、今度はなんじゃ」

「殿、百合姫様が……」

「姫が、どうしたのだ」

　先回りをして問う直定に、秋部は焦り気味に告げる。

「見張り役から鍵を奪い、信平殿を逃がそうとされました」

「なんじゃと！　姫をこれへ連れてまいれ」

「はは」

　程なく連れてこられた百合姫に、直定は詰め寄った。

「なんの真似だ」

　百合姫は必死の面持ちで訴えた。

「父上、お願いでございます。信平様をお解き放ちください」

「何を申すか」

「信平様は、もう二日も何も食べておられません。このままでは、死んでしまわれます」

「水も飲んでおらぬのか」

「はい」

「あり得ぬ。四日も持つものか」

「されど、食事も水も、少しも減っておりませぬ。一度倒れられたと、警固の者が申します」

直定は目を泳がせ、百合姫を見ずに問う。

「身を案じて、逃がそうとしたのか」

「はい」

「困った奴だ。信平殿は、我が藩になくてはならぬ者だ。ここで帰すわけにはいかん」

「お命がどうなっても、よいと申されますか」

「そうは言うておらぬ」

「では、鍵をお開けください」

「ご心配なら、姫様が世話をされるがよろしかろう」

割って入った寒檀に、直定が驚いた。

「何をたわけたことを申す」

寒檀は直定を制し、百合姫に告げる。

「姫、信平殿に惹かれておりますな」

百合姫はうろたえた。

「そのようなこと……」

「誤魔化さずともよいのです。いずれは、夫婦になるのですから」

寒檀はほくそ笑み、百合姫を信平の牢に入れることを進言した。

「寒檀、おぬし気は確かか」

秋部家老が憤慨したが、寒檀に耳打ちをされた直定は、秋部を黙らせて百合姫に告げる。

「姫、信平殿のそばにゆき、何か食べさせるのだ。水だけでもよい。とにかく何か口にさせるのじゃ。よいな」

「はい」

百合姫は覚悟を決めたらしく、力強い返事をすると、信平のもとへ向かった。

「殿、寒檀に何を吹き込まれたのです」

「そう怒るな、秋部」

「しかし――」

「姫は信平殿の妻になってもらわねば困る。それゆえの策じゃ」

「意味が分かりませぬ」

「信平殿とて男じゃ。若い男女が狭い所で過ごせば、情が芽生えよう」

「まさか、あのような場所で、姫を信平殿に抱かせる気でござるか」

「飛躍しすぎじゃ、馬鹿者。信平殿がそのような男ならば、婿養子に考えはせぬ。一晩、いや、すでに何日も夜を共に過ごしておると、頼宣様にゆうてやるのよ」

直定の口から策を聞いた秋部は、寒檀のしたたかさに、舌を巻いた。

牢の中にいる信平は、眠っているのか、起きているのか、自分でも分からぬほどに、朦朧とした意識の中で、座り続けていた。

錠前が開く音が頭の中で波打つように響き、中に、人が入る気配があった。

信平は、か細く、不安げな声で名を呼ばれて、意識をはっきりとさせた。

目を開けると、薄暗い部屋の中に女が立っていた。女は、百合と名乗り、信平の前に座ると、頭を下げ、父がしたことを詫びた。

信平が答えずにいると、百合姫は悲しげな目を伏せた。

「お願いでございます。せめて水だけでも、お飲みください」

百合姫は、水が入った湯呑みを差し出したが、

「麿は、よい」

信平は断り、ふたたび目を閉じた。

百合姫は湯呑みを置くと、下座に下がり、正座した。

出ていかぬのを不思議に思い、信平が目を開けると、

「わたくしも、囚われたのでございます」

百合姫は微笑み、信平と目が合うと、慌ててそらした。

「すまぬ」

「どうか、気になさらないでください」

信平と百合姫の会話は、それ以後途絶えた。信平が、ふたたび深い瞑想(めいそう)の中に戻ったからだ。

夜が明け、昼になり、また夜が訪れても、信平は、瞑想の中にいた。

百合姫は、そんな信平を見守っていたのだが、自身も食を断っていたため、意識が朦朧としはじめている。座っているのがやっとで、二日目の朝を迎えた時は、さすがに座っておれなくなったのか、呻き声をあげて倒れた。

それに驚いた見張り役が、

「姫様!」

大声をあげて、戸を開けて中に入った。

百合姫を抱き起こしたその時、姫は見張り役の脇差を抜き、刃を喉に当てた。

「ひ、姫様、何を」

「信平様をここから出しなさい」

「誰か、誰か!」

外にいた見張り役が声を張りあげると、藩士が駆け付け、秋部家老と寒檀も現れた。

「姫様、何をなさる。その者を離しなされ」

「わたくしは本気です。皆、そこをどきなさい!」

強く出る百合姫に、寒檀は折れて皆に下がれと命じ、己も座敷牢から離れた。

「信平様、立てますか。わたくしが門の外までお送りします」

百合姫に言われたが、信平は動かなかった。

「信平様、どうかお立ちください」

出口は開けられていたが、信平は動かなかった。

「逃げ出せば、そなたが罰を受ける。麿は、直定殿が出してくれるのを待つ」

「では、わたくしも共に」

百合姫は見張り役を外に出させ、戸を閉めさせた。

「これまでじゃ」

後悔の声をあげたのは、直定だった。

「殿」

「黙れ寒檀。このままでは、二人とも死んでしまう」

直定が二人を出せと命じると、寒檀は、もう終わりだと嘆き、その場にへたり込んだ。

信平が座敷牢から出ると、直定が姫を下がらせ、家来たちも下がらせた。そして信平の前に正座し、頭を下げた。

「藩を想うあまり、目が曇っており申した。信平殿、どうかお許し願いたい」

詫びるなり、脇差を抜いて己の腹に突き立てようとしたのを、信平が、既のところで止めた。

「死んで、お詫びいたす」

「そのようなことをされても、迷惑じゃ。姫を、悲しませてはならぬ」

信平は、驚いた顔をする直定の手から、脇差を奪った。

「直定殿、亡くなられたご子息の分まで、長生きをされよ」

「信平殿――」

直定は辛そうな顔をして涙を流し、両手をついた。

「久々に、断食の修行ができた。礼を申す」

信平はそう言い残すと、御殿から出た。門の外に出ると、佐吉が座り込んでいた。

「佐吉」

信平が声をかけると、佐吉が跳ね起きて振り返った。

「殿、殿ぉ！」

佐吉は、信平を返せと言い、座り込んでいたのだ。

「ご無事か、殿」

「うむ」

信平はうなずいたが、そのまま、佐吉の腕の中に倒れ込んだ。

信平は、どれほど眠っていたのだろうと思いつつ、目を開けた。まだ囚われているのかと錯覚し、起きようとしたのだが、人の気配に気付き、そちらに目を向けた。

霞む視界の中で、覚えのある香りがした。

それは確かに、松姫の香りだった。

「信平様」

松姫の声だった。

信平は、夢ならさめないでほしいと願いながら、目を閉じ、ふたたび開けた。

松姫が、目にいっぱい涙をためて、安堵の笑みを浮かべた。

桜色の美しい唇が、声にならぬ声で、よかったと、言った。

信平が手を差し伸べると、松姫は胸にしがみ付き、肩を震わせた。

信平は、小さくて弱々しい肩をしっかりと抱きしめて、安堵の息を吐いた。

「やっと、会えた」

「はい」

「麿はそなたを、生涯離さぬ」

「わたくしも、離れませせぬ」

「うむ」

信平と松姫は見つめ合い、そっと唇を重ねた。

第三話　土地争い

一

赤坂弁慶堀西に完成した鷹司松平信平の屋敷は、敷地面積が六千二百十八坪もあるのだが、母屋は、千四百石の旗本にしては、小さかった。

しかし、藁ぶきの家は、建築を受け持った立木屋弥一郎の指図により、欄間や襖に見事な細工と絵が施された座敷もあり、訪れた者の目を楽しませた。

信平は、岡村藩の中屋敷から帰った日から、松姫と共に暮らしている。

新しい屋敷には七日前に移ったのだが、祝いに駆け付ける者が多く、多忙な毎日を過ごしていた。

この日は、朝から気持ちのいい青空が広がっていた。

信平と松姫は、満開の梅の花に囲まれた場所に敷かれた緋毛氈に座り、二人きりで過ごしている。

「松、疲れたであろう」

「いえ」

傍らに座る松姫は、鶯色が鮮やかな打掛が良く似合い、梅の花も霞んでしまいそうなほど美しい。

信平は、白い狩衣の袖をゆるりと振って松姫の手を取り、抱き寄せた。正座する松姫に、足を崩させるためだ。

「傷が、痛むであろう」

松姫は微笑み、首を横に振った。

信平と松姫は、身を寄せ合ったまま梅の花を眺め、二人きりで過ごせる喜びを感じていた。日暮れ時まで庭で過ごすと、共に夕餉を摂り、寝所に入った。

この間、二人の邪魔をする者はいなかった。

信平と松姫は、夜遅くまで語り合い、睦み合うと、抱き合ったまま眠りについた。

そんな、夢のような二人の暮らしが何日か続いたのち、静かだった屋敷が、急ににぎやかになった。

昨日までは、下女一人、下男一人が信平と松姫の世話をしていたのであるが、葉山家別邸で遠慮していた善衛門たちが、今日から信平の屋敷で暮らしはじめるからだ。

信平と松姫は、朝餉をとって身なりを整えると、二人で書院の間に入った。

葉山善衛門を筆頭に、江島佐吉、中井春房、竹島糸の四名が、嬉しそうな顔をして、頭を下げた。

「皆、かしこまらずに面を上げよ」

「はは」

善衛門が応じ、四人が同時に頭を上げた。

信平と松姫が微笑む。

糸は嬉しそうな笑みを浮かべたが、中井は緊張した顔をしている。松姫の付き人として松平家に入ることを頼宣に命じられ、事実上、信平の新たな家来となっただけに、これまでとは違った気持ちなのだろう。

「中井殿、竹島殿、ようまいられた」

信平が声をかけると、糸は笑顔で応じ、中井は両手をついた。

「この中井春房、ただ今より、鷹司松平家がより栄えますよう、粉骨砕身いたします る」

意気込みを述べる中井の表情と態度は、まさに忠臣。

いっぽう糸は、どっしりと構えた様子で口を開く。

「わたくしは、奥方様が立派にお勤めを果たされますよう、お手伝いをさせていただきます」

松姫のお勤めとは何だろうと信平は思ったものの、訊けぬ雰囲気に呑まれ、二人に告げる。

「堅苦しい話は抜きにして、二人とも気楽に過ごしてくれ。主従の隔たりなく、食事を共にとるように」

中井と糸は、驚いた顔をした。

紀州藩邸で生きてきた中井と糸にとって、お忍びで市中へ出た時は別として、屋敷内で松姫と共に食事をするなど、考えられぬことだった。

糸が慌てたように口を開く。

「共に食事など、とんでもない」

「さよう。おそれおおいことにございます」

中井も辞退した。

信平は微笑んで告げる。

「麿はこれまで、皆と共に食事をとり、なんでも自由に言い合いながら暮らしてまいった。そなたたちもこれに加わり、仲よう、家を守り立ててほしい」

中井と糸は、松姫に困惑の眼差しを向けた。

松姫がうなずく。

「旦那様の命です。よいですね」

中井は驚きを隠せぬ様子で応じた。

「かしこまりました」

続いた糸は、何か言いたそうな顔で松姫を見ている。

「承知いたしました」

信平は、四人に改めて告げる。

「見てのとおり狭い屋敷ゆえ、肩を寄せ合い、仲よう暮らそうぞ」

「はは」

一同頭を下げたのち、松姫は糸と共に、奥座敷へ下がった。

松姫が足を引きずっていないのを見て、中井が安堵の表情を浮かべている。

男だけになると、善衛門がさっそく口を開いた。

「して、殿」

「うむ？」

「首尾はいかがでござる」

「なんの首尾じゃ」

「ですからその、夜の営みでござるよ」

返答に窮し、顔を赤くした信平を見て、善衛門が満足そうにうなずいた。

「すけべじじい」

冷めた口調で言ったのは、お初だ。

善衛門が廊下に振り向くと、お初が軽蔑の眼差しを向けている。

「何を申すかお初、わしは御家のことを想うてだな――」

そう言ったが、お初は無視をして立ち去った。

「ははぁ、殿がおっしゃったのは、こういうことにござるか」

信平の前で自由に振る舞う姿を見ていた中井が、緊張を解いて声を発した。

「実はそれがし、以前四谷の御屋敷にお邪魔した際、葉山殿やお初殿が生き生きとされている姿をお見かけして、羨ましく思うていたのです。姫様は、まことに良い家に嫁がれました」

中井が打ち解けるのとは反対に、松姫と奥の部屋に下がった糸は、態度を変えて不服を口にした。

「まことに、手狭でございますね、奥方様」

松姫は、糸らしいと微笑んで応じる。

「わたくしは、この館が気に入っています」

「それは、信平様がおられるからでございましょう」

松姫は廊下で立ち止まり、表向きを見つつ告げる。

「こうしていても、旦那様を近くに感じるのです」

「それはそうでございますが……」

糸は、松姫に続いて部屋に入り、中を見回した。

「まあ、使われている物はそれなりに上等のようですから、いいですけど」

ぼそぼそ言いながら、紙に筆を走らせている。

松姫は覗き込んで問う。

「何を書いているのです」

「屋敷の様子を、殿にお知らせいたします」

「父上に……」

松姫は、糸の手から筆を奪った。

「そのようなこと、せずともよい」

「あ、お返しください。お役目でございますので」

松姫は筆を背中に隠して告げる。

「間者（かんじゃ）のような真似は許しませぬ。知りたければ、父上がおいでになればよいのです」

「何をおっしゃいます。信平様が出向かれるならともかく、舅（しゅうと）であらせられる殿が足を運ばれるなど、あり得ませぬ」

「どうしてです」

問う松姫に、糸は躊躇いがちに告げる。

「殿は心配なくせに、意地を張ってらっしゃるのです。ここに来るのは、孫ができた時だとおっしゃいました」

松姫は顔を赤くした。

「何を、気の早いことを……。とにかく、してはなりませぬ」

松姫に手を出されて、糸は書きかけの紙を渡した。

「ご無礼いたします」

声をかけてきたのは、お初だ。

お初は廊下に座り、糸に顔を向けた。

「御屋敷の様子は、紀州様にお伝えする必要はないかと」

「何ゆえです？」

不思議そうな顔をする糸に、お初は真顔で告げる。

「紀州様は、先ほどからこちらを見ておられるご様子」

「それは、どういう意味です」

問う松姫に、お初は部屋の前に広がる庭を指し示した。

まだ蔵も長屋もない庭の先には、紀州藩中屋敷との境を隔てる白壁の塀が横たわっている。部屋の中にいる松姫と糸が見たところで、離れた塀の上からこちらに向けられた遠眼鏡に気付くはずもないのだが、お初に促されるまま、松姫は濡れ縁に歩み出た。

「姫じゃ。姫がおるぞ」

台の上で遠眼鏡を覗き見ていた頼宣は、久々に松姫の姿を見て、手で口を押さえた。

肩を震わせ、鼻をすする頼宣の後ろ姿を見て、

「殿もお歳(とし)を召された」

側近の戸田外記はそうつぶやきながら、もらい泣きをしている。

それを見た頼宣が、

「泣くでない。わしまで泣けてくるではないか」

などと人のせいにして、声をあげて泣いた。

ひとしきり涙を流して気分が落ち着いたのか、戸田外記が大きな息を吐き、頼宣に言った。

「殿、ご遠慮なさらずに、姫様に会いにゆかれませ」

「たわけ、嫁に出したのだ。未練がましい真似ができるか」

「そうやって我慢(がまん)しますと、お身体に毒ですぞ」

「うるさい。向こうが来るならともかく、わしから行ってなるものか」

頼宣はふたたび遠眼鏡を覗き込み、

「それにしても、小さい家じゃのう。せっかく土地を分けてやったと申すに、まるで小屋ではないか。御公儀は瓦屋根を推奨しておると申すに、あれでは、飛んできた火の粉で燃えてしまうぞ」

ぶつぶつと不平をもらした。

中井が下から告げる。

「ああ見えて、中身はなかなかに立派な御屋敷と聞いておりますが」

「どのように立派なのだ」

「普請奉行の中越殿が申しますには、屋敷内は檜(ひのき)の香りが心地よく、姫様の部屋は、平安絵巻のように煌(きら)びやかで、金箔(きんぱく)がふんだんに使われた襖絵(ふすまえ)に、欄間の彫り物は、日光東照宮(にっこうとうしょうぐう)までは及ばぬものの、見事な彫刻が施されているそうにございます」

「屋敷中そうなのか」

「いえ、豪華なのは奥向きだけで、表向きは、どの部屋も襖絵がなく、一見すると、どこの武家屋敷よりも地味でありながら、風格が漂っているそうにございます」

「中越が申すなら、見てみたいものじゃ」

「では、行かれますか」

「そちもくどいのう。行かぬと申したら行かぬ」

頼宣は、松姫が見えなくなると遠眼鏡を覗くのをやめて、その場を立ち去った。

戸田は遠眼鏡を片付けるために台の上に這(は)い上がると、中井や糸が何をしているか気になって、覗いてみた。

「おお、よう見える」

戸田は、屋敷の裏手で、下女が井戸の水汲みをしているのを見ていたのだが、急に目の前が暗くなり、遠眼鏡から目を離した。

すると、髭面の大男が立っていたので、わっと声をあげて、後ろにひっくり返り、台から落ちた。

お初から遠眼鏡のことを知らされた佐吉が、梯子を持って気付かれぬように近づき、覗き見る者を懲らしめようとしたのだ。

「よその屋敷を覗くとは、良い趣味をお持ちですな」

大声で言われて、戸田は慌てふためき、逃げ去った。

置きっぱなしの遠眼鏡を手に取った佐吉は、覗いてみた。遠くの物が、手を伸ばせば届きそうなほど近くに見えて、驚きの声をあげた。

信平の屋敷に越してくることになっている妻の国代にも見せてやろうと思い、

「いらぬなら、もろうておくぞ!」

大声で叫んだが、紀州藩の者が来ないので、持って帰った。

「ほほう、これが遠眼鏡というものか」

善衛門が珍しそうに言い、覗いた。

「やや、これは凄い。殿、塀がすぐそこにあるように見えますぞ」

信平と松姫がいる居間の庭で、善衛門と佐吉が遠眼鏡から見える景色を楽しんでいる。

頼宣がこちらを見ていたと知り、松姫は信平にあやまった。

信平は首を横に振る。

「そなたを案じられてのことじゃ。舅殿が隣に仮住まいされているうちは、顔を見せてさしあげるがよい」

「はい」

「佐吉」

「はは」

「奥に遠眼鏡を見せたら、舅殿に返すのだぞ」

「また、覗かれますぞ」

「よいではないか。舅殿は、松を案じておられるのじゃ。元気な姿をお見せすれば、安堵されよう」

「では、明日返しておきます。奥方様もまいられますか」

「いえ」

松姫に顔を向けられ、信平が告げる。

「明日は、吹上の本理院様のもとへまいる」

佐吉は己の手で額を打った。

「そうでござった。では、明後日(あさって)にお返ししておきます」

信平が問う。

「妻は、いつ来るのじゃ」

「今日でございます」

「では、迎えに行ってやるがよい」

「よろしいのですか」

信平がうなずくと、佐吉は嬉しそうな顔で頭を下げ、国代を迎えに行った。

二

翌朝、信平は、松姫を乗せた駕籠に寄り添って屋敷を出かけ、赤坂御門から半蔵門へ向かい、吹上に入った。

久しぶりに入る吹上は、供をしていた善衛門が驚きの声をあげるほど様変わりしていた。

中井も糸も、住み慣れていた藩邸が跡形もなくなり、庭園に変わっているのを見渡して、寂しそうな顔をしている。

「旦那様、降りとうございます」

松姫に頼まれて、信平は駕籠を止めさせた。

糸が草履を揃え、戸を開ける。

信平が手を取って降ろしてやると、松姫は、屋敷があった場所に立ち、寂しげな顔であたりを見渡した。そして、遠くを見る目をした。

「糸、あの子供は、どうなったであろう」

糸は即答した。

「きっと、元気に生きておりましょう」

信平は、松姫と暮らしはじめた日に、足に火傷を負ったわけを聞いていた。

あの大火の日。松姫たちは屋敷に火が回る前に逃げ出していたのだが、思いのほか火の勢いが強く、半蔵門へ向かって逃げている者たちに火の粉が降り注ぎ、火だるまになる者が出はじめた。

松姫は、水で濡らした打掛を頭から被（かぶ）せられ、必死に逃げていたのだが、着物に火が着いた男子を見つけて、糸が止める間もなく、打掛をかけて火を消してやったのだ。

男子の火傷は思いのほか酷く、背中が焼けただれていた。

松姫はその男子を助けようとしたのだが、焼けた材木が倒れてきて足に火傷を負い、糸と中井に助けられた。

中井が、火の向こうでうずくまっていた男子を助けに行こうとしたのだが、逃げる人たちに行く手を阻まれてしまい、人の波に押されてその場から離れていたのだ。

男子のその後を心配する松姫に、中井が告げる。

「それがしは、その子が人に助けられるのを見ておりますから、きっと生きておりましょう」

「そうあってほしいものです」

松姫は、目を閉じて手を合わせた。

信平が寄り添う。

「松が命をかけて守ったのだ。必ず生きている」

「はい」

「まいろうか」

信平は松姫の手を引き、駕籠に促した。

松姫にとって、吹上は辛い思い出の場所になってしまったが、救いだったのは、大きく様変わりしていたことだ。

庭園となった吹上は、馬場が整備され、花畑や梅林などが造園され、火除けのための銀杏(いちょう)が植林されて、この場所に、御三家の屋敷や大名屋敷が建ち並んでいた面影は、なくなっていた。

その庭園の中の道を歩み、信平たちは、本理院の屋敷へ到着した。

本理院の屋敷は以前と変わらぬ場所に新築されており、吹上の広大な庭園の中にあるだけに、防火のために植えられた珊瑚樹(さんごじゅ)や銀杏の木々に囲まれ、隠れ家のような佇(たたず)まいである。

通された部屋で対面した本理院は、信平と松姫が共に暮らしはじめたと聞き、大いに喜んだ。

「長いあいだ、よう辛抱しました」

信平を労うと、

「松殿、弟と、家のことを、くれぐれも頼みます」

松姫に頭を下げた。

松姫が慌てて頭を下げ、はいと答えると、本理院はくすくすと笑い、

「二人がお忍びで会っていた姿を、昨日のように思い出します」

やんちゃな二人に、ひやひやしていたことを明かした。

信平と松姫は、顔を見合わせて微笑んだ。

「信平殿」

「はい」

「親を騙してまでそなたに会おうとした松殿を、決して泣かしてはなりませぬよ」

「お言葉、肝に銘じておきます」

「父上がお隠れあそばした今、そなたにとって、この世で父と呼べるお方は頼宣殿ただ一人。たまには、夫婦揃って顔を見せに行くのですよ」

「はい」

「そして、早く孫の顔を見せておあげなさい」

松姫が顔を赤くしているのを見て、本理院は口を押さえた。

「これは、いらぬことを申しました」

「いえ」

松姫が首を横に振ると、本理院は自分に呆れたように笑った。

「信平殿とは親子ほども歳が離れているせいか、ついつい、我が子のように接してしまいます。わたくしは、家光公のお子を授かることが叶いませなんだから、想い合うそなたたちには、子宝を授かってほしいと願っています」

信平は返答に困ったが、松姫が応じて頭を下げたので、本理院は満足そうにうなずき、昼餉に誘った。

真心がこもったもてなしを受けた信平と松姫は、二刻ほど、楽しい時を過ごした。

「今日はほんに、よう来てくれました。家が栄えるよう、祈っていますよ」

表まで二人を見送りに出た本理院は、両手を合わせて言うと、優しい顔で微笑んだ。

本理院の屋敷を辞した信平と松姫は、半蔵門から出ると、麹町の大通りを帰っていた。

信平は、松姫の駕籠に付き添って歩んでいたのだが、通りを行き交う人々が振り向くほど、大声を張りあげて言い争っている男女がいるのに気付き、横にさしかかった時に足を止めた。北町奉行所同心の五味正三が、空地の前で激しく言い争う男女を仲直りさせようと、眉毛をへの字にして頑張っていたからだ。

信平に気付いた五味が手を上げたが、女が男につかみかかったので、慌てて割って入った。

「殿、五味がおりますから、今日は帰りましょうぞ」

善衛門に促されて、信平は応じて赤坂に帰った。この時は、単なる夫婦喧嘩(げんか)か何かだろうと思っていたのだが、夕暮れ時に屋敷を訪れた五味から、思わぬことを聞かされた。

三

五味正三が信平邸を訪れたのは、お初やおつうたちが夕餉の膳を調えた頃だった。

「相変わらず、良い鼻をしておるな、おぬしは」

ちゃっかり下座に陣取っていた五味は、善衛門の嫌味をまあまあと言って受け流していたのだが、信平と松姫が膳の間に入るなり、驚いて土間に下りた。

小声で佐吉を呼んだ。

「なんじゃ」

「まさか、姫様もご一緒されるので?」

「殿の思し召しじゃ」

「なるほど。信平殿らしいや」

「五味、何をぶつぶつ申しておるのだ」

善衛門に言われて、五味は立ち上がった。

「いや、その。不浄役人たるそれがしが、姫様と同じ座敷に座るなど、とんでもないことで」

中井と糸は当然だという顔をしているが、

「構わぬ」

信平が許した。

糸が驚きの声をあげたが、松姫が制した。

「五味殿は、旦那様の大切な友。ゆえに、この屋敷の門を潜られた時から、身分の違いなどないのです」

糸は困惑した。

「姫様……」

「糸、中井」

「はい」

「旦那様は、そなたたちのことを大切な家族と思うておられます。その旦那様の友に、無礼な振る舞いは許しませぬ」

糸は出すぎたことを言ったと後悔したらしく、信平に詫びた。

中井は、松姫のしっかりとした態度に驚いた様子だったが、すぐに安堵した笑みに変わり、承知したと、頭を下げた。

善衛門が五味を見、目を細めた。

「そういうことじゃ、五味。遠慮のう上がれ。なんじゃ、おぬし泣いておるのか」

「あまりに、感激しちまって」

松姫の言葉に涙を流しながら、遠慮なく座敷に膝を進めた五味は、お初の味噌汁をすすり、

「うめぇや」

おかめ顔をくしゃくしゃにして伝法な口調で言ったものだから、皆に笑われた。

夕餉を終えて、お初が茶を出してくれた時、善衛門が思い出したように口を開く。

「そういえば五味、今日は、派手な喧嘩をしていた者がおったが、男女のもつれか」

五味は茶をごくりと飲んで答えた。

「いいえ、土地争いですよ」

喧嘩をしていたのは蠟燭問屋の舞鶴屋幸兵衛と、油問屋の鶴見屋の女あるじお幸。

そうと知った善衛門が驚いた。

「なに、鶴見屋じゃと」

「ご存じなので？」

「鶴見屋のあるじとは、親しゅうしておった。流行り病であっさり死んでしもうたが、気の優しい、好い男であったわ。内儀は、ちと名が知れた美人であったな」

善衛門は、昔を懐かしむように言うと、解せぬ顔をして訊いた。

「舞鶴屋と鶴見屋は、店の名を分けるほどの仲であったというのに、何ゆえ土地を争うておるのだ」

「火事の前は仲よく軒を連ねて商売をしていたんですが、どうやら争いの火種は、その頃からあったようで」

五味が言うには、近年、夜の明かりは油行灯が主流となり、蠟燭しか扱わぬ舞鶴屋は、景気のいい鶴見屋を妬み、商売敵のように思っていたらしい。

両店とも大火ですべて失ったが、店を新築する際に、土地の境をめぐって争いになったという。そのせいで、あの界隈では舞鶴屋と鶴見屋だけが再建できていなかったので、周囲の者は、

「なんやかんや言いながら、やっぱり仲良しだぁな」

などと、からかっているという。

「今日はあまりに激しいので止めに入ったのが運のつきで、これですよ」

五味が袖をまくって見せた。右腕にひっかき傷を負っていて、お幸にやられたのだという。

「そしてこちらは、幸兵衛の奴が」

左腕には、歯形が浮いていた。

「まあ」

松姫が痛そうな顔をすると、五味が笑った。

「たいしたことはありませんよ。唾を付けとけば治りますから」

「町方同心とは、大変なお役目なのですねぇ」

糸が言い、松姫にこれ以上聞かせまいと、奥座敷へ戻るよう促した。信平が数々の事件を解決しているのを知っている糸は、五味が相談に来たのだと察して、気をきかせたのだ。

松姫もそのことは心得ているとみえて、素直に応じ、信平に頭を下げてその場を辞した。

仰々しく頭を下げて見送った五味が、信平のそばまで膝を進め、話を続けた。

「幸兵衛とお幸は幼馴染(おさななじみ)で、仲が良かったんですが、土地を争っていつまでも店を建てないものだから、町の者は大迷惑ですよ」

「というと？」

「あのあたりは、昔から鶴見屋と舞鶴屋が商売をしていたので、他に店がないんです。いつまでも再建しないものだから、遠くまで買いに行かなければいけなくて、町の者が困っているんです」

「なるほど」

「親同士は、仲が良かったんですけどねえ。どうしてああなったのか」

五味は腕組みをして、どうしたものかと考え込んだ。

幸兵衛とお幸の家は代々仲が良かったらしく、店の名前にも一文字同じ漢字を使っていた。幸兵衛とお幸の親も先代に倣って仲が良く、生まれた子にも、同じ漢字を使って名を付けたほどだ。そのせいか、流行り病も同時にかかり、幸兵衛とお幸の両親は、この世を去っていた。残された幸兵衛とお幸は、二人とも二十歳を過ぎていたので跡を継ぎ、喧嘩をしながらも、店を守っていた。それが、火事のせいですべて失い、今は激しい土地争いをはじめていたのだ。

善衛門が口を挟む。

「わしが一度、双方の話を聞いてみようかの」

「ご隠居、恩にきます」

五味が、二人をなんとか仲直りさせてやりたいと言い、手を合わせた。

翌日、五味と共に麴町へ行った善衛門であるが、空地の前でまた喧嘩をしている二人を見つけて、止めに入った。

入ったはいいが、邪魔をするなと突き飛ばされ、尻餅をついた。

「あ痛たたぁ」

善衛門が袖をまくり上げてみると、見事に引っかかれていた。

二人は取っ組み合い、土地を争ってののしり合っている。

助け起こそうとした五味の手を、いらぬことをするなと払い、善衛門は口をむにむにとやりながら起き上がると、

「やめろといったら、やめぬか！」

一刀流で鍛えた大音声で怒鳴ると、幸兵衛とお幸が飛び上がるように驚き、抱き合った。

抱き合ったことにぎょっとした二人が互いを突き離すと、善衛門はすかさずあいだに入り、双方を睨んだ。そして、にたりと笑みを浮かべ、

「昼間から、仲が良いことよのう」

悪代官のようにうはははと笑いとばした。

「旦那、ご冗談を」

幸兵衛が言うと、善衛門が恐ろしげに睨んだので、幸兵衛がごくりと息を呑んだ。

その幸兵衛を威圧で押さえておいて、善衛門はお幸に顔を向ける。

「お幸、わしを覚えておるか」

そう問われて、お幸は首をかしげた。

「覚えておらぬのも無理はないか。そなたの両親と懇意にしておったのは、そなたがおしめをしておった頃ゆえな」

三十路を迎えたばかりのお幸は、化粧っ気のない顔をしかめて、善衛門の顔をまじまじと見た。

「あのう、どちら様で」

「葉山善衛門じゃ。父からこの名を聞いておらぬか」

「はい。一度も」

五味が背後でがっくりしているが、善衛門は知る由もない。

「まあよい。とにかく、そなたの親とは知り合いなのじゃ。そのわしに、揉めごとのわけを話してみぬか」

値踏みするような目をしたお幸が、気のない返事をして、

「こちらをご覧ください」

空地を指し示して言う。

「火事になる前は、舞鶴屋の土地よりも、わたくしども鶴見屋の土地のほうが広うございましたのに、この人が、自分の店のほうが広かったと言い張るんです」

「ほう」

善衛門が舞鶴屋を見ると、舞鶴屋は慌てて、違うと手を振った。

「旦那、この女が嘘を言っているのです。確かに手前どもの店は、二間ほどこちらに建っていたのですから」

舞鶴屋が境界線の真中より左側に線を引いて見せた。

大通りに面した店の表が二間も違えば、店構えはずいぶん変わる。

善衛門の記憶では、二店とも同じような大きさだった気がするが、はっきりとは言えなかった。

「五味、おぬし覚えておらぬのか」

善衛門が助けを求めると、五味は近くにいた向かいの店の者を引き寄せて問う。

「どうなのだ」

振られた店の者が、迷惑そうな顔をした。

「旦那、よそ様のことなど、いちいち覚えちゃいませんや」

「右に同じです」

五味がそう答えるものだから、善衛門は口をむにむにとやった。

大火後に行われた城下町の再建により、麴町の姿は一変していた。通りは広くなり、建ち並ぶ店も前の店主とは違う者がいたりして、どの店も、大火以前にどうだったかというのは、はっきりしていない。

何しろ、目印も何も残らぬほど灰燼に帰したのだから、生き残った者同士で、なんとなくこうだったと話し合い、妥協すべきところは妥協して譲り合い、店を再建していたのだ。

「争うていたのではいつまで経っても店が建たぬぞ。二人とも、ここは仲よく、真っ二つに割ったらどうだ」

善衛門が説得したが、二人ともつっけんどんで取り付く島もない。

五味が袖を引き、そんなことはとっくに言いましたと、小声で教えた。

困った善衛門は、証がないからにはどうにもならぬと開き直り、

「とにかく、早う仲直りして、店を建てぬか。蠟燭と油が買えぬので、町の者が困っているのが分からぬのか」

「それは申しわけないと思っていますがね、こればかりは譲れません」

舞鶴屋が頑固にそっぽを向き、

「わたしだって、譲りませんから」

お幸もそっぽを向いた。

互いに背を向ける二人のあいだに立っている善衛門は、腕組みをして考えたが、

「五味、こうなったら、町奉行に頼むしかあるまい」

あっさりとあきらめて、赤坂の屋敷へ足を向けた。

「ご隠居、そりゃないですよ。待ってくださいよ」

「わしの手には負えん」

立ち去る善衛門と、それを追う五味を、物陰から睨むようにして見送る者がいた。

頭を丸刈りにしているその者は、綿入りの派手などてらを着て、人相の悪い子分を連れている。

いかにもやくざ者の風体(ふうてい)の男は、大火以後、このあたりを縄張りにしている熊鷹(くまたか)一家の忠六(ただろく)である。

ふたたび争いをはじめた幸兵衛とお幸に目を戻した忠六は、たくらみを含んだ顔で顎をなで、薄気味悪い笑みを浮かべた。

「おう、孫次郎（まごじろう）」

「へい」

「杉山（すぎやま）様に繋（つな）ぎだ。今夜、いつもの店に来てもらいな」

「承知」

「国介（くにすけ）、おめえは舞鶴屋の今の住処を突き止めて、土地争いを解決してやると声をかけて連れてきな。女に気付かれるんじゃねぇぞ」

「へい」

子分に命じると、忠六は通りに出て、自分の家に帰った。

四

その日の夜、舞鶴屋幸兵衛は、熊鷹の親分の呼び出しに応じて、四谷の町外れの、とある茶屋に入った。

人目をはばかる者が使う茶屋らしく、入り口は地面まで達する暖簾（のれん）が掛けられ、外からは見えにくい工夫がされていた。

青と黒の縞の着物の前をはだけ気味にして、目つきが妖艶な女将の案内で奥の部屋に通された幸兵衛は、上座を促されて座ると、すぐに、綿入りの派手などてらを着た熊鷹の忠六が現れ、女将に酒肴を頼んだ。

仲居が朱色の膳を持ってくると、

「まずは、やってくれ」

忠六が銚子を持ち、酒をすすめた。

泣く子も黙る熊鷹の親分にすすめられて、幸兵衛は背中を丸めて酌を受けた。

言われるまま一息に飲み、立て続けに三杯飲まされたところで、幸兵衛は盃を置いた。

「親分さん、土地争いを解決してくださると聞いて来たのですが」

「そのことよ」

忠六が渋い顔をした。大盃になみなみと酒を注ぐと、旨そうに飲み干し、返答を待つ幸兵衛をじろりと睨み、顔を寄せた。

「おれの言うとおりにすりゃあ、一発で解決するぜ」

幸兵衛はごくりと喉を鳴らす。

「何をするのです。まさか、お幸を殺すのですか」

「馬鹿野郎。そんなことすりゃあ、すぐにお縄になっちまわぁ」

「では、何を」

忠六は指を折って幸兵衛を近寄らせると、声を潜めた。

「偽の沽券状を作るのよ」

「偽の、沽券状……」

「おうよ。争うぐれぇだから、鶴見屋のも焼けているよな」

「はい」

「おめえさんのは、おれが預かっていたことにすりゃいいのさ」

「しかし、わたしのも焼けたのを、お幸は知っています」

「そんなのはどうにでもできらぁな。たとえばこれはどうだ。借金があるのを知られたくなくて、嘘を言っていたというのは」

「借金？」

「おうよ。おめえさんは、熊鷹一家に借金をしていることにして、家屋敷を形に取られてたって話にすりゃいいのさ」

幸兵衛は考えた。

「今さら、信じるとは思えませんが」

「そこんところを信じさせるのが、おれたちの仕事だぁな。うふ、ふふふ」

「でも、借金というのはどうも。何せ、先代から固く禁じられていたもので」

「だがよ、そうでもしれねぇと、お幸も信じめぇよ」

忠六に言われて、幸兵衛はどうするか考えた。

「それで、うまくいった時の礼金は、いかほどで」

「そうさな、五十両と言いたいところだが、馴染みのおめぇのためだ。二十両でどうだ」

「二十両ですか」

店を再建しなければならない幸兵衛にとっては大金だったが、土地争いが終わるならそのほうがいいと、話に乗った。

「では、お願いします」

「おう。まかせときな。偽の証文に借金の額を入れなきゃならねぇが、そうさな、五百両でどうだ」

「五百両！」

「大ぼらを吹くんだ、話がでかいほうが、真実味があるってもんよ。お幸も同情して、四の五の言わなくなるぜ」

「分かりました。親分に、おまかせします」

「よし決まった。孫次郎」

忠六が呼ぶと、孫次郎が入ってきた。入ってくるなり、偽証文と偽の沽券状を差し出してきたので幸兵衛が驚くと、

「何日も喧嘩を見せられていたからな。なんとかしてやろうと思って、用意していたのよ」

忠六は、町の衆のためにも、早いところ店を再開してくれと言い、幸兵衛の腕をぽんとたたいた。

うなずいた幸兵衛は、どうせ偽物だと思い、忠六が用意させた証文に血判を捺した。

満足そうに顎を引いた忠六が、

「これで、高慢ちきなお幸をぎゃふんと言わせてやるぜ。楽しみにしてな」

にたにたと笑いながら、幸兵衛にゆっくり飲んで行けと言い、先に帰った。

翌日、幸兵衛は、いつものように仮住まいの旅籠を出ると、店の土地へ向かった。

油断すると、お幸が勝手に普請をはじめてしまうので、毎日のように出かけて、見張

っているのだ。

お幸はお幸で、隙あらば杭の一本でも打ってやろうと思っているらしく、店の土地へ通ってくる。そして、二人が顔を合わせると、喧嘩になるのだ。

「舞鶴屋さん、今日も喧嘩をしに行くのかい？」

通りを歩んでいると、見知らぬ者からそう言われて、幸兵衛は苦笑いで応じた。

店の土地に行くと、お幸がいた。お幸は、今日は番頭を連れていた。幸兵衛を見つけるとすたすたと歩み寄り、

「今日こそは、はっきりさせようじゃないのさ」

店の再開を急ぐお幸は、百歩譲って、舞鶴屋の土地を一間分、鶴見屋側に寄せてもいいと言った。

それなら、幸兵衛にも文句はなかった。正直なところ、どこまでが自分の土地だったか、はっきり覚えていなかったのだ。油を売る鶴見屋が繁盛していることに嫉妬していた幸兵衛は、店構えだけは負けたくないという気になり、自分の土地のほうが広かったと、言っていたのだ。

少しだけでも広く取れるなら、それでいいと思った幸兵衛は、お幸の申し入れを受けようとした。

「どうなのさ、一間負けてやるから、承諾してくださいな、幸兵衛さん」

「それなら――」

「そうはいかねぇぜ、鶴見屋さんよう」

幸兵衛が承諾しようとした時、忠六が現れた。

「親分さん」

お幸が、なんで熊鷹一家が出てくるのかという顔で、幸兵衛を見た。

しかも忠六は、黒羽織に袴を着けた、奉行所の与力を連れている。これには幸兵衛も驚き、

「親分、どういうことです？」

不安げに訊くと、忠六が、横柄な態度で告げる。

「こちらは、北町奉行所与力の杉山様だ。おう、舞鶴屋、おめえさんいつになったら商売をはじめるんだ。ええ、借金の返済を待ってくれと言うから今日まで待ってやったが、もういけねぇや。今すぐ、金を返してもらおうか」

「ちょ、ちょっと待ってください」

忠六の芝居のうまさと迫力に、幸兵衛はほんとうに借金があるような気がして、怯えた口調になった。

「待てねぇな。金が出せねぇなら、この沽券状に書いてある土地をいただこうか」

これには、お幸が驚いた。

「沽券状ですって」

忠六に、見せろと迫った。

「いいとも。破ったら、承知しねぇぜ」

忠六はそう言って渡してやると、お幸が目を通した。

「なんだいこれ」

間口の広さが七間と書いてあるのを見て、目を見開いた。七間といえば、丁度半分に分けた広さではなく、お幸の店のほうに、二間入った間口だった。

つまり、幸兵衛が主張していたことが、正しかったことになる。

これでは前より狭くなると言って、お幸は、与力に訴えた。

「杉山様、こんなの、偽物に決まってますよ。紙だって新しいし」

「そう言われてもな、どう見ても、本物としか思えぬ。鶴見屋、どうだ、町の衆も迷惑しているのだから、このへんで争いを止めてくれぬか」

杉山が、引っ張り出されて迷惑しているとでも言いたそうに、困った顔で頼んだ。

「そう申されましても、納得できませんよ」

　忠六が眉間に皺を寄せた。

「鶴見屋さんよう、おめえさんが納得するしないは、どうでもいいこった。こっちは、借金の形に預かっているんだからよう」

「嘘です。あたしはこの人から、沽券状は火事で燃えたと聞いていましたもの」

「借金があることを知られたくなくて、嘘を言っていたんだ」

　幸兵衛が申しわけなさそうに言うと、間を空けず忠六が告げる。

「なんなら、舞鶴屋の借金をあんたが払ったらどうだ。そしたら、この沽券状はあんたの物だ」

「親分――」

　幸兵衛が抗議の声をあげたが、忠六が一睨みで制した。

「どうだい、鶴見屋さん。払うのか、払わねぇのか」

「いくら借りてるのよ」

　お幸が幾分か大人しい声で訊くと、忠六が証文を見せた。

「五百両だ」

「そんなに」

　お幸が目を見張った。

忠六が言う。

「溜まった利息を入れると、六百両になるぜ」

絶句するお幸が、馬鹿な人、そう言いたげな顔を幸兵衛に向けたまま、忠六に問う。

「この人が今日払わなければ、この土地はどうなるの」

「熊鷹一家がいただくことになるな」

「おい忠六、今は皆苦しんでおるのだ。酷いことをいたすな」

杉山に言われて、忠六はへいと頭を下げた。そしてお幸に告げる。

「旦那に言われたんじゃしょうがねぇや。まあ、土地を取り上げたとて、人に売るしかねぇし、あんたがあきらめてくれるなら、すぐさま幸兵衛に店を再建させて、借金を返してもらうほうがいいかもな」

舞鶴屋ならば、即金は無理にしても、五百両を返すのは難しいことではないと、お幸は知っている。

「親分さん。ほんとうに、待ってあげるのですね」

「おう。待ってやるぜ」

お幸は少し考えて、決断した。

「分かりました。沽券状のとおりの土地割で手を打ちましょう」

「お嬢様――」

初老の番頭が慌てて止めたが、お幸が制した。

「喜七、もう決めたことです。すぐに普請をはじめるよう、棟梁に頼みに行きますよ」

お幸は杉山に頭を下げて背を返すと、喜七は残念そうにうな垂れて、大工の棟梁宅へ向かうお幸のあとを追った。

「やれやれ、これで片がついたな」

杉山が言い、奉行所に帰ろうとした。

「ああ、杉山様、お待ちを」

忠六が慌てて止めて、幸兵衛に、一席設けろと言った。

「これは、気が付きませんで」

幸兵衛も杉山を引き止め、行きつけの店に案内した。

赤坂御門近くにある料理屋は、風体の悪い忠六のような者は上げぬ高級店なのだが、幸兵衛の顔で、座敷に案内された。

「さすがは舞鶴屋。なかなか良い店ではないか」

上座に座った杉山が、部屋の造りに感心した。

幸兵衛が揉み手で応じる。

「ここの魚料理は絶品でございますので、気に入っていただけると思います」

「うむ。楽しみじゃ」

程なく運ばれた料理と酒に、杉山と忠六は舌鼓を打った。

酒も入り、二人の気分が良くなった頃合を見計らった幸兵衛が、巾着を開いた。

「親分、おかげさまで店を再建できます。どうも、ありがとうございました。これは、礼金の二十両でございます。杉山様には、こちらを」

幸兵衛は、十両を紙に包み、杉山に差し出した。

杉山は何食わぬ顔で金を受け取り、袖に入れた。

二十両を前にした忠六は、険しい顔をすると、幸兵衛を睨んだ。

「舞鶴屋、なんだこれは」

「約束のお金でございますが」

「これじゃ、利息の足しにもなりゃしねぇ！」

そう怒鳴り、小判を投げ付けた。

「何をなさいます」

「うるせえ！　おう、舞鶴屋、てめぇ五百両も借金しておきながら、たった二十両しか返さねぇとはどういうことだ」

「ご冗談を、あれは嘘事ではございませんか」

「杉山様、なんとか言ってくださいよ。この舞鶴屋は、これこのとおり、あっしから五百両も借りておいて、踏み倒そうって腹ですぜ」

　忠六から証文を見せられた杉山が、幸兵衛を睨んだ。

「舞鶴屋、店を再建して借金を返すと申したではないか、あれは、その場しのぎの嘘か」

「ですから杉山様、この借金の話自体が、作り話でして」

「ええい、黙れ。わしに嘘は通用せぬぞ。血判を捺した証文が何よりの証。利息を含めて六百両を、忠六に返せ、さもなくば、わしを騙した罪で牢屋にぶち込むぞ」

「そ、そんな」

「気分が悪い。わしは帰る」

　憤慨した杉山が席を立ち、借金を返せと念押しして帰っていった。

　ほくそ笑んだ忠六が、幸兵衛の前に座った。

「そういうことだ、舞鶴屋。早く店を再建して、六百両、きっちり返しな。返さねえ時は、あの土地を売り払うからそう思え」

「親分、騙したな！」

幸兵衛がつかみかかると、忠六の子分が入ってきて取り押さえ、殴る蹴るの暴行を加えた。

「そのへんにしときな。ここはいい店だ。よそ様に迷惑だ」

騒ぎを聞いて慌てて来た女将や店の者に、忠六が睨みをきかせた。

幸兵衛にぶつけた小判を子分に集めさせると、忠六は、怯える女将の前に二十両を置いた。

「迷惑料だ。取っときな。おう野郎ども、帰(けえ)るぞ」

熊鷹の忠六は、半分気絶している幸兵衛を置いたまま、引き上げて行った。

女将が介抱しようとすると、幸兵衛はそれを断り、よろよろとした足で帰った。

どこをどうやって帰ったか、幸兵衛は覚えていないが、気が付くと、店の土地の前に立っていた。

いつの間にか降りはじめていた冷たい雨に打たれながら、

「もう、おしまいだ」

呆然と言い、へたり込んだ。

「幸兵衛さん」

声をかけられて振り向くと、お幸が立っていた。

「どうしたのさ、その顔は」

「お幸さん、わたしが馬鹿だったよ。すまない、許してくれ」

「何がだよう」

「許してくれ」

幸兵衛は詫びると、お幸の足下で泣き崩れた。

話を聞いたお幸は、幸兵衛を助けてやりたいと思い、翌日、町役人に相談した。しかし、相手が熊鷹一家と聞いて恐れをなした町役人は、手を貸してくれなかった。

そこでお幸は、思い切って奉行所に行き、与力の杉山に直談判しようとしたのだが、応対した奉行所の者は、杉山は不在だと言い張り、追い返された。

あきらめきれずに、杉山を待っていたお幸は、見廻りから戻ってきた五味正三を見つけて、声をかけた。

「五味の旦那」

「誰かと思えば、お幸か。どうした、こんなところで」

「ちょいと、聞いてほしいことがあるんですが」

「うむ?」

「幸兵衛さんのことです」

「土地争いは片がついたと聞いたが、また喧嘩したのか」

「それが、とんでもないことになってしまって」

お幸は、幸兵衛から聞いた話をそのまま伝えた。

上役でもある与力の杉山が絡んでいると聞き、五味は顔をしかめた。

「そいつは、間違いないんだな」

「はい」

お幸は何か言おうとしたが、五味が止めた。

「上役が絡んでいるとなると、おれのできることはない。相談しに行くから、付いてきな」

「あの、どちらへ」

「いいから、いいから」

五味はお幸を連れて、信平の屋敷へ向かった。

五

この日、信平は、松姫と共に紀州藩邸を訪れ、頼宣と対面していた。

「二人とも、ようまいった」

頼宣は、信平によそよそしい態度で言い、松姫に目を向けるや、目尻を下げた。

「姫、辛い思いをしておらぬか」

「はい。幸せでございます」

「うむ。ならばよい」

「舅殿。預かっていたものを、お返しいたします」

信平が言うと、廊下に控えていた中井が、近習に遠眼鏡を差し出した。

それを見た頼宣がぎょっとし、下座に控えていた戸田が、めまいがしたように揺らぎ、目を閉じて目頭を押さえた。

「舅殿」

信平に言われて、頼宣が身構えた。

「なんじゃ」

「娘を想う親心も分からず、今日までごあいさつが遅れたこと、申しわけございませぬ」

「そ、そうじゃ、そうじゃとも、あいさつに来るのが遅いゆえ、つい、あのようなことをした」

「これよりは、お呼びつけいただければただちにまいりますゆえ、此度の非礼、お許しください」

頼宣はまんざらでもなさそうな顔をし、ひとつ空咳をした。

「堅苦しいことを申すな。ここは姫の実家じゃ。遠慮のう、来たい時に来てもよいのだぞ」

「はは、おそれいりまする」

頼宣が満足して腰を落ち着けると、松姫が顔を上げた。

「父上」

「うむ」

「妙な格好をして屋敷の前をうろつくのは、おやめくださいませ」

ずばりと言われて、頼宣は目を見張って絶句した。遠眼鏡を奪われた次の日から頭巾を被り、商家の隠居に化けて通りを行ったり来たりしていたのを、お初に見つかっていたのである。

誰かが吹き出す声がしたので頼宣が見回したが、家来たちは誰もが真顔を装っている。

「今笑うたのは誰じゃ」

頼宣が不機嫌に言ったが、家来たちは天井を見たり外を見たりして、惚けている。

信平が口を開く。

「舅殿、今の屋敷は、土地を分けていただいてようやく持てた物。どうか遠慮なさらずに、いつなりとお越しください」

「わしは忙しい身じゃ。そうそう行かれるものではないわ」

「はは」

「わしのことなど気にせず、姫を頼む」

「心得ました。では、これにてご無礼つかまつります」

「もう帰るのか。来たばかりではないか」

「本日は急でございましたから、また日を改めて、ゆるりとまいります」

「そうか。では、近いうちにまいるがよい」

「はは」

信平は松姫と頭を下げ、頼宣の前から辞した。

帰る二人を見送った頼宣は、続こうとする中井を引き止めてこぼす。

「信平め、いつでも来いなどと、小生意気なことを言いおるわい」

中井が返答に困っていると、

「遠慮なく行くとするか、のう中井」

「はは、お待ちしております」

「ふふ、小生意気な」

頼宣は、さも嬉しげな笑みを浮かべた。


信平と松姫が屋敷に帰ると、善衛門が出迎えた。

「殿、嫌味など言われませなんだか」

そう言っておいて、松姫に遠慮して頭を下げた。

信平が告げる。

「舅殿は、喜んでおられた」

「それはようございましたな」

信平は微笑んで応じ、松姫と共に奥座敷へ行くつもりだったが、善衛門が言う。

「五味が、町のおなごを連れて殿に相談があると申して待っております」

客間にいると聞いた信平は、松姫と別れて足を向けた。

奥から襖を開けて客間に出ると、五味は廊下に正座し、庭には、地味な小袖を着けた女が座っていた。見覚えのある顔だと思っていると、五味が鶴見屋のお幸だと教えた。

お幸は、狩衣姿の信平にぽうっと見とれていたが、五味に名を呼ばれて我に返り、慌てて頭を下げた。

信平は、冷たい地べたに座るお幸に上がるよう促したが、

「と、とんでもないことです」

お幸は遠慮して上がらない。

信平は廊下に出て座ると、用件を訊いた。

五味が、お幸と土地争いをしていた舞鶴屋幸兵衛が熊鷹一家の忠六に騙されたことと、それには与力が絡んでいるので、自分は手出しができないと言い、助けを求めた。

子細を聞いた信平は、なんとかしてやりたいと思ったが、共に聞いていた善衛門が、難しいのではないかと口を挟んだ。

「沽券状と、血判を捺した証文まであるのなら、どうにもなるまい」

「やはり、そうですよね」

五味が肩を落とすと、お幸が訴えた。

「真新しい紙の沽券状なんて、偽物ですから」

「どうしてそう言える」

五味が訊くと、お幸は膝を進めた。

「舞鶴屋の沽券状は、あたしが持っていたんです」

「はあ？　なぜお前さんが持っていたのだ」

「あたしのおとっつぁんと幸兵衛さんのおとっつぁんが、沽券状を交換していたんです」

五味は驚いた。

「そいつはいったい、どういうことだ」

「仲が良かったおとっつぁんたちは、お互い商売をする身だから、このご時世、いつ何が起きるか分からないと言っていたのですが、幸兵衛さんのおとっつぁんが、先で金に困るようなことがあっても、高利貸しにだけは金を借りちゃいけないと言うと、あたしのおとっつぁんが、それなら、金を借りられないようにしようと言って、両家の沽券状を交換することを提案したんです」

「それで、交換したのか」

「はい」

五味が感心した。

「確かに、それだとお互い金を借りにくいな。なかなかいい考えをしたものだ」

「ですから、熊鷹の親分が舞鶴屋の沽券状を持っているはずがないんです」

お幸が身を乗り出して訴える。

「それならそうと、なんで言わなかったんだ」

五味の問いに、お幸は潮が引くように身を引き、うつむき気味に言う。

「沽券状を交換したのは、もうひとつ理由があったのです。そのことが、中に添え書きしてございましたが、幸兵衛さんは店を継いでも、見ていないのだと思って。それなら、黙っていようと思ったんです」

「添え書きには、何が書いてあったんだ」

「いずれ、あたしたちを夫婦にして、店をひとつにすると」

五味は驚いた。

「そいつはまるで、遺言じゃねぇか」

「はい。交換して一月もしないうちに、あたしの両親と幸兵衛さんの両親は、流行り病で死んでしまいましたから」

「そいつを知っていながら、なんで土地争いなんかしたんだ」

「親から店を継いで八年経っても、幸兵衛さんが何も言ってくれないから。そしたら、あの火事で焼けてしまって、もう腹が立って」

「それで、意地になって土地を奪い合ったのか」

お幸はうなずいた。その時、大粒の涙がこぼれた。

それを見た刹那、五味は胸が熱くなり、鼻をすすった。

「馬鹿野郎だな、幸兵衛の奴は」

信平が問う。

「そのことを知る者は、他におらぬのか」

お幸が、寂しそうな顔で答える。

「沽券状を交換した時、舞鶴屋の番頭さんもいたのですが、流行り病で亡くなりました」

五味が、腕組みをしてうなずく。

「あの時は、大勢死んじまったからなぁ。家からそれだけ死人が出たのに、お前さんたちはよく移らなかったな」

「流行りはじめてすぐに、幸兵衛さんと二人で根岸（ねぎし）の別宅へ移されましたから」

「なるほど、そういうことだったか」

信平が善衛門に顔を向けた。

「善衛門は、お幸の父親と親しかったのであろう」

「はい」

「沽券状について話を聞いておらぬのか」

「家の話はほとんどしない男でしたから、今日初めて聞きました」

「さようか」

お幸が、何かを思い出した顔をした。

「舞鶴屋の番頭さんには息子がいるのですが、何か聞いているかもしれません」

善衛門が顔を向けた。

「その者は、どこにおる」

「わたしは知らないのですが、幸兵衛さんなら知っているはずです」

「お幸が知っていれば、十分じゃ」

信平が言うと、皆がどういうことかという顔で注目した。

「麿に、良い考えがある。お初」

信平が呼ぶと、お初が廊下に現れた。

「話は、聞いていたな」

「はい」

「ちと、頼みがある」

「なんなりと」

信平はお初に歩み寄り、小声で手はずを聞かせた。

地獄耳をかたむけていた善衛門が眉毛をぴくりと動かし、ほくそ笑んだ。

六

赤い鹿の子（かのこ）の小袖を着た町娘に成りすましたお初は、熊鷹一家から出てきた二人連れの若い衆のあとを追い、途中で脇道にそれて先回りした。物陰から、若い衆が歩いてくるのを確かめると、ふらりと道に歩み出て、二人のうちの一人にぶつかった。ぶつかった拍子に、手に持っていた風呂敷（ふろしき）包みの中身を道に落とし、尻餅をついた。

そのお初の姿に、若い衆が顔を見合わせてにやけた。

「しょうがねぇなぁ。大丈夫か、お嬢ちゃん」

若い衆の一人が声をかけてきて、落とした荷物に手を伸ばした。

「うん？」

舞鶴屋の文字を見て若い衆がお初を見たが、お初は慌てた様子で風呂敷に包むと、通りがか立ち上がった。いぶかしそうな顔で見ている若い衆にぺこりと頭を下げて、通りがかった職人風の男を呼び止めた。

「あの、すみません」

呼び止められた職人風の男が、化粧を落としているお初の顔を見て、表情をゆるめた。

「なんだいお嬢ちゃん」

「舞鶴屋という蠟燭問屋を探しているのですが、このあたりではないでしょうか」

「それなら、この道を真っ直ぐ行って大通りに出たところだが、今は空地しかないぜ」

「えっ？」

「火事で焼けて、そのまんまさ」

「そうでしたか」

お初はがっくりと肩を落とし、その場にしゃがみ込んだ。

職人風の男が心配して声をかける。

「おい、大丈夫かお嬢ちゃん」

お初は顔を上げて問う。

「旦那様や、店の人はどこにおられるのでしょうか」

職人風の男は、今にも泣きそうなお初に焦った様子となり、しゃがんで背中をさすった。

「泣かないでくれよ。空地でよく喧嘩していたが、昨日も今日も見ないな。何か用事かい」

「あたしのおとっつぁんは舞鶴屋で手代として働いていたのですが、これを渡すよう遺言されて」

お初は風呂敷を開けて中を見せた。

「おいおい、これは、店の沽券状じゃないか」

「はい。おとっつぁんが火事から守るために持ち出していたのですが、旦那様にお返しする前に流行り病で死んでしまったものですから、遺言どおりに、お届けに上がったんです」

ここまで聞いた熊鷹一家の若い衆が驚き、物陰に潜んだ。

それを横目に見たお初が、職人風の男に目配せした。職人風の男は、五味だ。頬被りで顔を隠している五味は、小さく顎を引くと、若い衆に聞こえるよう声を大きくした。

「そいつは可哀想に。よし、おいらが力になってやろう。そんな大事な物を持って歩くのは物騒だからよしな。すぐ家に帰りなよ」

「でも」

「見つけたら連れて行ってやるから」

「では、お言葉に甘えて」

「甘えてちょうだい。んで、どこへ迎えに行けばいいかね」

「千駄ヶ谷の水車小屋で、仮住まいをしています」

「千駄ヶ谷の水車小屋だな。よし、分かったぜ」

五味がまかせておけと言って立ち去ると、お初は頭を下げて通りを歩んだ。

若い衆の一人が去り、もう一人が付いてくるのを察したお初は、千駄ヶ谷に向かった。そして、水路のほとりの水車小屋に入ろうとした時、後ろから駆け寄る音がして、背を返した。

「お嬢ちゃん、悪いが、持っているものをこっちへよこしてもらおうか」

お初は背筋をすっと伸ばして、きつい顔つきで相手を睨む。

「舞鶴屋の沽券状に、なんの用があるのさ」

お初の豹変ぶりに驚いた若い衆が、懐に手を入れて匕首を抜いた。

「大人しく渡さねえと、可愛い顔に傷をつけて、外を歩けねぇ面にするぜ」

お初は、見下した笑みを浮かべた。

「やれるものならやってみな」

「言うじゃねえか」

若い衆は匕首をぎらつかせ、迫ってきた。

「ほら、怖いだろう。渡しなよ」

お初はすっと前に出る。

慌てた若い衆が匕首を下げ、お初の腕をつかもうとしたのだが、何がどうなったのか、若い衆は両足が宙に浮き、背中から地面にたたきつけられた。

「痛ってえ」

腰を押さえて苦しむ若い衆は、見下ろすお初の冷たそうな顔に息を呑み、後ずさった。

お初が一歩前に出ると、敵わぬと思ったか、若い衆は匕首を投げた。

お初がよけた隙に逃げようとした若い衆だったが、目の前に立ち塞がる大男に度肝を抜かれ、

「ひぃ！」

悲鳴をあげて腰を抜かした。

壁のような大男は、佐吉である。

佐吉は、恐ろしげな顔で若い衆を見下ろし、

「沽券状を欲しがったわけを、ゆっくり聞かせてもらうか」

拳の骨をばきばきと鳴らし、胸ぐらをつかんで立たせた。

若い衆は、息苦しさと佐吉への恐怖で白目をむきながら、

「言います、言いますから」

助けてくれと懇願した。

熊鷹一家では、駆け戻ってきたもう一人の若い衆から話を聞いた忠六が、大声をあげていた。

「そんな物が出てきたら、六百両が手に入らねぇじゃねぇか」

「どうしやす、親分」

孫次郎が言うと、忠六が上座へ目を向けた。

女をはべらせ、酒を飲んでいた杉山が忠六を睨み返した。

「鶴見屋の女あるじが仕組んだ罠かもしれぬぞ。あの女、奉行所まで押しかけてきおったからな」

「では、やっちまいますか」

「殺したところで、一文の得にもならん。それより、その娘がほんとうに舞鶴屋の手代の娘かどうか、確かめてみろ」

「どうやって」

「幸兵衛に聞けば、すぐに分かる」

杉山はそう言うと、女の太腿に手を滑り込ませてにやついた。

「おう」

忠六は若い衆に顎で指図した。

応じた若い衆が外に駆けだし、幸兵衛が寝泊まりしている旅籠へ走った。

その頃、幸兵衛は、お幸の呼び出しを受けて、千駄ヶ谷へ向かっていた。旅籠の者には、人が訪ねてきたら千駄ヶ谷へ行ったと伝えるよう、頼んである。

程なく宿へ来た忠六の子分が、一足遅かったと地団太を踏み、忠六のもとへ取って返した。

「千駄ヶ谷へ行っただと！」

忠六が怒鳴った。

こうなるとさすがに、杉山も女と遊んでいる場合ではない。

千駄ヶ谷に行ったはずの若い衆が帰らぬので怪しいところだが、幸兵衛に本物の沽券状が戻れば、金は手に入らなくなる。

杉山はあれこれ考えたが、欲に打ち勝つことができず、皆に命じた。

「さっさと支度しろ、なんとしても沽券状を手に入れるのだ」

忠六は急いで子分を集め、刀や匕首を持たせて千駄ヶ谷に走った。

一足先に千駄ヶ谷に到着した幸兵衛は、水車小屋の中に入った。信平たちがいるのを見て驚き、不安そうな顔をした。

狩衣姿の信平をただ者ではないと覚ったらしく、お幸の横に歩み寄る。

「誰なんだい」

小声で訊く幸兵衛に、お幸が耳元でささやく。

信平の身分を聞いてぎょっとした幸兵衛が、慌てて平伏した。

「舞鶴屋幸兵衛」

善衛門の声かけに、幸兵衛は頭を下げたまま返事をした。

「これから申すこと、しかと聞け」

善衛門は、沽券状の秘密を話して聞かせた。すると幸兵衛は愕然とした顔を上げ、今にも飛び出そうな目でお幸を見た。

「ほんとうなのかい」

「ええ」

「信じられない」

「幸兵衛！」

善衛門の怒鳴り声に、幸兵衛はびくりとして顔を向けた。

善衛門は口をむにむにとやって告げる。

「店を継いだ者が沽券状を見もせぬとは、どういうことだ」

「申しわけ、ございません」

「あやまる相手を間違えておる！」

「はっ？」

「は、ではないわ、たわけ者。お幸はな、ずっとお前のことを待っておったのだぞ。その挙げ句に、忠六のような悪党に騙されおって」

善衛門にこっぴどく叱られて、幸兵衛はうずくまってしまった。

信平が外に気配を感じるのと、お初が身構えるのが同時だった。

「どうやら、来たようじゃ」

信平が言うとおり、水車小屋の表に人が集まってきた。

忠六たちは、田圃に水を送るための水車小屋を片っ端から調べ、比較的大きなこの水車小屋を見つけて集まっていた。

「おう、調べろ」

忠六に応じた子分が二人、小屋に近づき、入り口の戸を引き開けた。

「おっ！」

声をあげて飛びすさった子分たちは、長どすの柄に手をかけて身構えた。

中から現れた狩衣姿の信平に驚いたのは、与力の杉山だ。

「まま、まさか、あのお方は」

そう言った杉山は、信平に続いて五味が出てくるのを見て、信平だと確信したらしく、忠六を押しどけて逃げようとした。

その行く手を阻んだのは、お初と佐吉だ。二人のあいだでは、がっしりと腕をつかまれている忠六の手下が、観念してうな垂れている。

目を見張った杉山は、逃げられぬと観念し、その場にへたり込んだ。

「誰だ、てめぇ」

忠六が、信平に声をあげた。

信平が答える前に善衛門がしゃしゃり出て、

「鷹司松平信平様である」

名を告げると、忠六が愕然とした。

善衛門が指差す。

「熊鷹の忠六、そのほう、沽券状が出てきては困るゆえ奪いに来たな。そのほうが持っているのが偽物と白状したも同然じゃぞ」

忠六が悔しげに睨んだ。

「なんのことか、さっぱり分からねぇな」

「そのほうの悪だくみは、そこにおる子分が白状した。言い逃れはできぬぞ」

「あんな奴、子分じゃありやせんぜ」

「この期に及んで、まだそのような白を切るか」

「こちとら、明るい場所で生きたことがないのでね。邪魔する者は、誰であろうと容赦しねぇ」

　忠六は抜刀し、鞘を捨てた。

「杉山さんよう。あんたも、生きたければ戦うこった。おう、野郎ども、幸兵衛以外は、一人も生かして帰すんじゃねぇぜ」

　忠六は、善衛門に切っ先を向けた。

　子分たちが一斉に抜刀し、信平たちを取り囲む。

　信平は、野犬のような連中に油断なく目を配り、五味に、幸兵衛とお幸を守るよう告げた。

　善衛門が左門字を抜き、気合をかけて忠六に迫った。

　忠六が刀を振るったが、一刀流(いっとうりゅう)を極めている善衛門に敵うはずもなく、刀を弾(はじ)き飛ばされ、峰打ちに肩を打たれて気絶した。

　子分たちは、信平をひ弱な公家(くげ)と思ったか、

「こいつからやっちまえ」

　言うなり、かかってきた。

　信平は、初めに匕首で突いてきた者の手首をつかみ、相手の勢いを利用して後ろに

引いて背中を突き飛ばした。

頭から水車小屋に突っ込んだ子分は、尻を外に向けて気絶している。

「や、野郎」

二人目が刀を振り下ろすのを鼻先でかわし、後ろの首筋に手刀を入れて倒すと、ずいと前に出て、三人目の腹の急所を拳で突く。

呻いて倒れる者に背を向けた信平は、他の子分を睨んだ。

佐吉とお初によって半数以上が倒され、立っている者は、三人しか残っていなかった。

その三人は、信平に睨まれて怖じ気づき、刀を捨てて逃げた。

民を痛めつける輩を逃がすものかと、お初が手裏剣を投げた。空を切って飛んだ手裏剣が足や尻に深々と突き刺さり、手下どもは悲鳴をあげて倒れた。

信平は、倒れている者どもを見回して、嘆息を吐いた。

「佐吉」

「はは」

「この者どもを縛って、小屋に閉じ込めておけ」

「承知」

「五味、あとはそなたにまかせる」

「はいはい」

五味が軽く応じ、佐吉に手を貸した。

信平は、幸兵衛とお幸に歩み寄る。

慌てて平伏する二人の前に膝をつき、それぞれの手を取ってにぎらせた。

「二人とも、親の遺言を守り、家を守り立てよ。民のためになる商売をしてくれ」

涙を浮かべるお幸に微笑んだ信平は、その場から立ち去った。


後日、信平は、善衛門と共に出かけたついでに、麴町を訪れた。

五味から、幸兵衛とお幸が夫婦になったと聞き、様子を見たくなったのだ。

善衛門が、嬉しそうに町を見ながら言う。

「桜の季節が近づくにつれて、人が増えてきましたな」

江戸の町は、大火以前とまではゆかぬが、にぎわいを取り戻しつつある。

麴町も、通りが広くなったおかげで、道を行き交う人の数も増え、両側に並ぶ店も、繁盛しているようだった。

その中で、争う男女の声が聞こえてきた。聞いたことのある声に、信平と善衛門が顔を見合わせて、足を向けた。

呆れたような顔で見守る人々の中、幸兵衛とお幸が、普請がはじまったばかりの店の前で、激しい言い争いをしていた。

近くの者に訊くと、どうやら、ひとつになる店の名前をどちらにするか、争っているらしかった。

「やれやれ」

呆れてため息をつく善衛門の横で、信平は、顎を突き合わせて言い争う姿を見て笑った。

「鶴が、求愛をしているようじゃ」

信平の声が二人に聞こえたかどうかは分からぬが、幸兵衛とお幸の店の名は、鶴屋に決まったという。

第四話　酔いどれ兵武

一

葉山善衛門は、信平の近況を報告するため西ノ丸を訪れ、将軍家綱に拝謁した。

松平伊豆守信綱、阿部豊後守忠秋の両老中がいる前で、信平と松姫の仲睦まじい様子を饒舌に語り、一人で満足すると、勝手に辞そうとした。

頭を下げたまま次の間に下がる善衛門を、将軍家綱が呼び止めた。

善衛門は、その場に座ったのだが、近う寄れと言われて、これまで座っていた場所に膝を進め、家綱にうかがうような顔を向けた。

「あまりにようしゃべるゆえ、忘れるところであった」

家綱の言葉に豊後守が笑い、伊豆守は、厳しい目を善衛門に向けた。

家綱が真顔で告げる。

「善衛門」

「はは」

「そちの頼みごとだが、やはり、認めるわけにはいかぬ。そちは隠居の身だが、葉山家は直参旗本。これより先も、将軍家のために尽くせ」

すでに隠居の身である善衛門は、家督を継いでいる正房の反対を押し切り、信平の家来になりたいと願い出ていた。

もはや家来のような気でいた善衛門は、近々許しをいただけるものと思い込んでいただけに、食い下がろうとした。

「よいな、善衛門。次の報告を、楽しみにしておるぞ」

家綱は善衛門の口を制するように告げ、自室に戻った。

がっくりと肩を落とす善衛門に、伊豆守が告げる。

「上様を恨むでないぞ。上様は、そのほうの願いを聞き入れようとされたが、我らが反対したのだ」

善衛門が、不服を露わにした顔を向けた。

「何ゆえでございますか」

「分からぬのか。上様は、そのほうから信平殿の様子を聞くのを楽しみにしておられるのだ。数少ない楽しみを、奪ってはならぬ」

そう言われては、善衛門に返す言葉はない。二人の老中に頭を下げて座敷を出た。

その背中を見送った豊後守が、ふっと、笑みをこぼした。

「あの顔は、あきらめておらぬな」

「うむ」

伊豆守は、困ったものだと、腕組みをした。

善衛門は、門番が顔を見合わせるほど暗い面持ちで、西ノ丸大手門を出た。

とぼとぼと歩み、外桜田御門を出ると、桜田堀沿いを重い足取りで上り、近江彦根藩井伊家上屋敷と安芸広島藩浅野家上屋敷のあいだの道に入った。真新しい塀を眺めるでもなく、下を向いたままの善衛門は、腰に帯びた自慢の左門字も重そうに歩み、赤坂へ帰った。

赤坂御門外にある玉川稲荷の前を通りかかった時のことだ。ふと思い立って、稲荷に手を合わせ、通りに顔を向けた善衛門は、生地の良い羽織を着た商人風の男と、袢纏を着た職人風の男がぶつかるのを見た刹那、職人風の男が鮮やかな手つきで財布を抜くのを目撃した。

ごめんよ、などと軽く声をかけた巾着切が、まんまと財布を奪ってこちらに小走りで逃げてくる。

財布をすられたことに気付いた商人風の男が、

「泥棒！」

大声をあげた。

巾着切が、さっそくばれたことに舌打ちして、駆けだした。

善衛門はそしらぬ顔で歩んでいたが、巾着切とすれ違いざまに、

「ほい」

足をひっかけた。

「と、とっと」

前のめりになった巾着切が、こけまいとして足を繰り出したのがいけなかった。勢いがつき、稲荷の朱色の鳥居に顔からぶつかり、白目をむいて気を失った。

「馬鹿め、罰が当たりおったわい」

機嫌の悪い善衛門が不敵に笑い、気絶している巾着切の懐を検めると、商人の物と思われる豪勢な財布の他に、生地がほつれ、手垢で薄汚れた財布が入っていた。

駆け付けた岡っ引きに名も告げずに巾着切を預けると、善衛門は、何度も頭を下げて礼を言う商人にうなずき、その場を立ち去った。

すれ違う人々を眺めながら町中を歩いていると、めし屋の前でもめている者がいた。初老の浪人が、めし代を払えと店主に責められて困っていたが、哀れみを向けるのはかえってためにならぬと思い、構わず通り過ぎようとした。ところが、財布をすられたという声が耳に入り、立ち止まった。

「もし、財布はいつすられたのだ」

そう訊くと、初老の浪人が、善衛門に助けを求める顔を向けた。

「ここに来る前に稲荷に賽銭(さいせん)をあげた時にはあったのでござるが。めしを食い終えた時には、のうなっており申した」

「ならば、間違いあるまい。心当たりがあるゆえ、ついてまいれ」

善衛門は浪人とめし屋の店主を連れて、番屋に行った。

先ほどの岡っ引きに事情を話し、財布を見せてやると、

「確かに、それがしの財布です」

浪人は、すられたことに気付かなかったことを恥とは思うていないとみえて、大喜びした。

その場で財布の中身を確認した浪人は、めし代に迷惑料を添えて払うと、善衛門に礼を言った。

「拙者、近江の浪人、榊兵武にござる」

名乗った榊は、めし屋の店主に金を渡し、二人分の酒肴を用意するよう頼み、善衛門を誘った。

善衛門は先を急ぐと言って帰ろうとしたのだが、

「礼をさせぬとは無礼でござろう」

などと榊が言うものだから、善衛門は口をむにむにとやり、

「無礼とはなんじゃ無礼者」

無礼無礼と言い合いになり、見かねた岡っ引きが止めに入った。

「民の手本となるべきお侍が、番屋で喧嘩はいけませんや」

この一言で、二人は大人しくなり、榊が改めて礼をさせてくれと言い、善衛門は、仕方なく受けることにした。

めし屋に行くと、善衛門の身なりを見て気をきかせた店主が、二階の部屋を用意してくれた。六畳ほどの狭さだが、畳も新しく、隅々まで掃除が行き届いていて気持ちのいい部屋だった。

手あぶりを挟んで向かい合った善衛門は、榊の求めに応じて自分の名を名乗り、信平のことは言わず、二千石旗本の隠居だと教えた。

大身旗本の隠居と知り、榊は安心したのか、酒がすすむにつれて口が軽くなり、聞いてもいないのに、江戸に来た理由を話しはじめた。

「葉山殿は、膳所藩をご存じか」

「むろんにござる。膳所藩と申せば、譜代の重臣、本多下総守様が藩主を務められる、畿内でも指折りの大藩」

「さよう」

榊が嬉しそうに膝を打った。

「その本多様が、家来を募っておられるのです」

善衛門は、榊をまじまじと見つめた。自分と同じ年頃の榊が仕官を願い出たところで、雇ってもらえるとは思えない。

「やめておけ」

そう言うと、榊が真顔で善衛門を見て、大笑いした。

「勘違いなされるな。仕官するのは倅でござるよ」

膳所藩が国許で募集しているので、江戸で暮らしている息子を仕官させるために、連れ戻しに来ていたのだ。二年前に江戸へ来たという息子は、赤坂の道場で剣術の修行をしているという。一刀流の達人だと自慢するので、善衛門は興味を抱き、目を細めた。

「ほぉう、一刀流の達人とは、頼もしい」

「正義感が強い倅でしてな、近江にいた時は、若い娘にちょっかいを出していた町のごろつき十人をたたきのめして、役人顔負けの働きをしておりましたぞ。一文の銭にもならぬのに悪党を町から追い出すなどと張り切っておったものです。我が子ながら、ようできた男でしてな。きっとお殿様にも気に入ってもらえると信じております」

榊は嬉しそうに語ると、芋の煮物を口に入れて、酒を飲んだ。

そろそろ信平の家来を増やさねばと考えていた善衛門は、倅自慢を聞きながら、会うてみたいと思った。

「倅には、いつ会いに行くのだ。わしも、共に行ってよいか」

榊が不思議そうな顔をした。

「何ゆえにござる」

「自慢どおりの人物か、見とうなっただけじゃ」

「家来にしとうなりましたか」

「わしのではない。さるお方のじゃ」

「どなたにござる。将軍様でござるか」

榊は冗談のつもりだったのだろうが、善衛門が信平の名と身分を告げると、目を白黒させた。

「なんと、そのように身分高きお方の……」

善衛門が、顔色をうかがった。

「気に入らぬか」

「とんでもない。願ってもない話ですが、世話をしてくださったお方への義理がござるゆえ、まずは、本多家のことを倅に告げて、返事を聞いてみないことには……」

「ごもっとも。では、わしも行こう」

「明日で、よろしいか」

榊は、今夜はとことん飲もうと言いだし、次々と酒を運ばせた。

善衛門は榊のことが気に入り、意気投合した二人は調子に乗って大酒を飲み、気が付けば日もとっぷりと暮れて、そろそろ店を閉めたいと店主に言われた。

帰ろうとした善衛門は、榊が泊まるところを決めていないと知り、それならわしの部屋に泊めてやろうと言い、泥酔した榊に肩を貸すと、店を出た。

どっちが肩を貸しているのか分からぬほどふらつきながら、二人は夜道を歩んでいた。

元赤坂町を帰っていた時、善衛門はふと、立ち止まった。

「なんじゃ」

気配に応じて目を細めていると、前から人が駆けてきた。

「やや、こ奴らは」

走る集団の姿を見るなり、盗賊一味だと看破した善衛門は、賊の前に立ち塞がった。

「待てい！」

大喝すると、榊を突き離し、左門字に手をかけた。

「おのれ怪しい奴。どこぞに押し入った帰りか、それともこれから押し入るつもりか」

立ち止まった賊どもを睨みながら言うと、しまったという声と、面倒なことに苛立つ声があがった。

「お頭」

「仕方ねぇ。やれ」

　賊どもの中からはっきりとした声があがると、その途端に、場の空気ががらりと変わった。闇の中で、凄まじい殺気が膨れ上がり、善衛門に迫ったのだ。

　気合もかけず、賊が斬りかかってきた。

　善衛門は左門字を抜いて刃を弾き上げ、返す刀で敵の肩を袈裟懸けに斬った、はずだった。確かに斬る間合いであったのだが、紙一重でかわされ、刃が空を斬った。

　かわした相手が横から刀を振るってきたので、善衛門は左門字を立てて刃を受け流し、たまらず飛びすさって間合いを開けた。

　こ奴、できる——

　闇に潜む者は、ざっと七、八名はいる。対峙している相手だけでも容易ならぬ腕の持ち主と分かり、善衛門は酒に酔ったのを後悔し、死を覚悟した。左門字を正眼に構え、じわりと迫る相手に鋭い目を向けた時、榊が横からふらふらとした足取りで割って入り、

「わしが相手だ」

　ろれつが回らぬ口で言うや、善衛門が止める間もなく、賊に迫った。

　賊が刀を振るい、榊に斬りかかった。

斬られたと思った刹那、榊は抜刀の手も見えぬほどの早業で抜き、相手の胴を斬った。

呻き声をあげた賊が突っ伏すと、榊は刀を峰に返し、千鳥足で賊どもに向かって行く。

賊の一人が前に出て抜刀し、酔っぱらっている榊を一太刀で斬ろうと大上段から打ち下ろしたが、榊は身を転じて刃をかわし、相手の脇腹を打った。

足がふらついているようでも、刀に伝わる力は凄まじく、峰で脇腹を打たれた賊は、刀を落として倒れ、苦しみもがいている。

榊は鬼の形相になっていると思いきや、気分がよさそうに薄笑いを浮かべ、呆れたことに、鼻唄を唄いはじめた。

「おのれ！」

頭に血が昇った賊が怒りの声をあげて斬りかかると、榊はすっと飛びすさって切っ先をかわし、左手一本で刀を振るうと、相手の腕を打った。

激痛に声をあげた賊が怯むと、善衛門が榊の隣に並んだ。

二人の老侍をただ者ではないと悟ったか、

「引け！」

頭目と思われる男が叫び、賊どもは、倒れた仲間を置き去りにして逃げていった。

榊は深追いをせぬかわりに、刀から小柄(こづか)を抜き、投げ打った。

逃げていく賊の腕に突き刺さったが、賊は立ち止まることなく、夜陰に紛れていった。

善衛門は、倒れた二人のうち息があるほうを縛ろうとしたが、賊は拷問を恐れたか、小刀で首を斬って自害した。

「しまった」

賊の手がかりを失ったのを悔しがった善衛門であるが、榊に命拾いした礼を言わねばと思い、立ち上がった。

「榊殿、おかげで助かり――」

言いかけて、善衛門は唖然(あぜん)とした。その時榊は地べたに座って家の壁に寄りかかり、鼾(いびき)をかいて眠っていたのだ。

二

夜遅く信平の屋敷へ帰るのを遠慮した善衛門は、青山の葉山家別邸に帰り、そこでまた榊と酒を飲みなおしたのであるが、二人はすぐに酔い潰れてしまい、囲炉裏の部屋でごろ寝をして朝を迎えた。

善衛門は、魚を焼くいい香りに誘われて、目をさました。

囲炉裏の火で焼かれていたのは鯵の開きだ。鍋にはしじみがたっぷり入った汁が湯気を上げている。

台所では、襷をかけた榊が釜の蓋を開け、炊けたばかりのめしをほぐしている。

食べ物は置いていなかったはずだと思いつつ声をかけると、榊は丁寧に朝のあいさつをした。

めしをよそってくると、

「ささ、食べましょう」

善衛門に箸を渡し、焼きたての鯵と汁を並べてくれた。

「旨そうじゃな。これらの物は、どこで調達したのだ」

「鯵としじみは棒手売ですよ。米は、隣で分けてもらいました」

「なるほど。いや、それにしても、手際がようござるな。めしも旨い」

「国では、食うために旅籠の板場で働いておりましたからな。めしの炊き方は、息子ほど歳が離れた料理人に鍛えられました」

そう言って目を細める榊の顔には、長年の苦労が、深い皺となって刻まれている。

「ご妻女は、国で待っておられるのか」

「はい。娘と待っております」

「おお、娘御もおられたか」

「今年十八になるのですが、男勝りで気が強うござってな。なかなか、良い縁談が来ません」

「おなごは少々気が強いほうがよい。武家の妻女に向いておるではないか」

「少々ではござらぬから、縁談がないのですよ」

「ははあ、うちにもおるな、気が強いおなごが」

「ええ？」

榊があたりを見回した。

「ここではない。鷹司松平家におるのだ」

「やはり、もらい手がござらぬか」

「いや、本人は嫁に行く気がないようじゃ」

「さようでござるか」

「心配はいらぬ。世の中には、気が強いおなごがいいという男もおるのだ。現に、そのおなごを慕うて、会いに来る男がおるゆえな」

善衛門はお初と五味正三のことを言ったのだが、榊に分かるはずもなく、気のない返事をした。

善衛門は音を立てて汁を吸い、話題を変えた。

「ところで兵武殿、昨夜は見事でござった。あの剣術は、何流でござるか」

榊は、なんのことか考えるような顔をしている。

「はて、それがしが、何かしましたか」

善衛門は、ご飯を口に運ぶ箸を止めた。

「おぬし、昨夜のことを覚えておらぬのか」

「めし屋で酒を飲んだのは覚えておりますが、どうやってここへ来たのか、まったく覚えておらぬのです。どうも酒を飲みすぎると、忘れる癖がございましてな。妻と祝言を挙げた日などは、周りからすすめられるまま飲んでしまったのですが、夜のことをまったく覚えていなかった次第」

榊は、恥じらう新妻の顔を覚えていないのが一生の不覚だと言って、善衛門を呆れさせた。

江戸には数々の剣術道場があるのだが、江戸中に名が知れるほどの道場はほんのひとにぎりで、大半は、町の中でのみ名が知られており、近所の武家や、剣術の修行を生甲斐とする浪人が腕を磨きに通う程度のものだ。

赤坂にある峡部館（きょうぶかん）も、そんな小さな町道場だ。

榊に案内されて来た善衛門は、いつも通っている道筋に道場があったことを知って、少々驚いていた。というのは、道場主の久留米葛宰（くるめかっさい）という人物が、名が知れ渡っていないのが不思議なほど、達人だったからだ。

善衛門と榊が道場を訪れた時、久留米葛宰は丁度、五名の弟子を相手に稽古をしていた。

久留米は木刀を構え、門弟には真剣を持たせての稽古は、実戦さながらの緊迫感を漂わせ、見る者は皆、息を殺している。

久留米が鬼の形相で弟子に迫ると、弟子の一人が、気合をかけて斬りかかった。と同時に、他の四名も一斉に動いた。久留米は初めの一刀をかい潜ると、次々と斬りかかる弟子たちのあいだを駆け抜けた。ぴたりと足を止め、大きく息を吐く久留米の背後では、弟子たちが真剣を床に落とし、木刀で打たれたところを押さえて苦しんでいる。

客人の前で奥義を披露するはずもなく、これが、日々峡部館で行われている稽古だった。

久留米が善衛門と榊のところに戻ると、次は門弟が木刀を持ち、同じことをはじめた。ただ、さすがに五人の門弟たちは真剣ではなく、木刀を使っての稽古である。

峡部館は、五対一の戦いを常とすることで、泰平の世には珍しく、実戦に強い技を磨いているのだ。

「たいしたものですな。感服つかまつった」

善衛門が言うと、久留米は、先ほどとは打って変わった優しい笑みを浮かべた。

「いえいえ、道場は見てのとおり、食うのがやっとでござるよ」

大名や大身旗本の子息が入門してくるのだが、怪我人が絶えぬ激しい稽古に恐れをなし、すぐに辞めてしまうという。

「剣で身を立てようとする者は残ってくれるのですが、ほとんどが浪人者ばかりでしてな、銭を期待できぬのです」

そう言って笑う久留米に、善衛門は好感を抱いた。

稽古場に入った若者が、榊に父上、と声をかけてきた。

「おお、真一郎」

榊は、精悍な眼差しを向ける息子を頼もしそうに見上げ、見違えるようだと喜んだ。

真一郎は、剣の腕を磨くために必死に稽古を積んでいたらしく、表情も良く、身体も引き締まっている。そのことに満足した榊は、本多家の仕官の話をした。

「まだはっきりと決まったわけではないが、世話をしてくださる徒頭殿は、お前なら必ず仕官を許されると申されておる。どうだ」

「願ってもないことです」

長年の夢が叶うとあって、真一郎は二つ返事で承諾した。

「そう答えを焦らずともよいのだぞ。他にもな、身分高き……」

「国へ帰ります」

言葉を切った真一郎は、本多家への仕官は長年の夢だったと告げた。

「そうか、よしよし」

榊は善衛門に、そういうことですので、と告げる目顔で会釈をした。

休息していた門弟たちは、真一郎を激励し、喜んでくれたが、中には、おもしろくなさそうな顔をしている者もいる。仕官したくとも叶わぬ者が多いのだから、妬まれても仕方のないことだ。

「江戸は、嫌いか」

善衛門がそう訊いてみると、真一郎は、いいえと答え、誰かと問う顔を榊に向けた。

榊が、善衛門に世話になったことを教えると、真一郎は改まって礼を言い、頭を下げた。

「礼などよい。わしも、兵武殿に命を救われた。相子どころか、わしのほうが礼を言わねばならぬ」

「何があったのですか」

真一郎に訊かれて、善衛門が盗賊と斬り合いになったことを話した。

「わしも腕には覚えがあるのだが、相手が強すぎた。危うく斬られるところだったが、兵武殿に救われたのだ。本人は、覚えておらぬようじゃが」

「父上、酔うておられましたな」

真一郎に言われて、榊は首をすくめた。

「酔うていてようございましたな、父上」

「う、うむ」

「真一郎、それはどういうことじゃ」

久留米に訊かれて、真一郎は告げた。

「父上は、酒に酔うと剣が冴えるのです。しかし、酔いがさめると何も覚えていませんので、わたしが剣術の指南を願っても、刀より包丁さばきのほうが勝っていると申されて、教えてくれません」

「当然じゃ。わしの剣術なぞ、酔うた勢いで迫るゆえ、未熟な相手が戸惑うだけのこと、まことの剣客に出くわせば、ひとたまりもないわい」

「まことにそうか否か、一手ご指南賜りたく」

久留米に願われて、榊は拒んだ。

「父上、先生のお申し出です、お受けください」

「いや、しかし」

「兵武殿、わしも是非見たい」

善衛門が背中を押すと、榊は仕方なく応じた。

「では、支度をいたす」

壁に向かって襷をかけ、袴の股立ちを取っている時、四名の門人が稽古場に入ってきた。

最初に入ったのが師範代の岩田陣八だと真一郎に教えられた善衛門は、人相の悪い男だと思いながら見ていた。

岩田は、見るからに武骨者で、その鋭い眼光を向けられた門人が、慌てて目をそらしていた。

上座にいる善衛門を一瞥(いちべつ)しただけであいさつをするでもなく、門人に何がはじまるのかを問うと、試合を見物するために、四人の男は善衛門に背を向けて座った。

支度を終えた榊が、久留米と共に稽古場の中央に進み出ると、善衛門の前に並ぶ四人が、何やらひそひそと話をしている。

何かを取り決めたようにうなずき合うと、試合を見ずに稽古場から出ていった。

木刀を交えた榊と久留米の試合は、はじめてすぐさま、勝負がついた。隙だらけの榊に打ちかかった久留米の木刀が、榊の額を打ったのである。

あまりのあっけなさに、久留米は思わず「あ」と声をあげ、頭を押さえてしゃがむ榊に、すまぬと詫びた。

稽古場に張り詰めていた緊迫感は消え、失笑の声があがった。

久留米が酒を持ってこさせようとしたが、榊は懲りたとばかりに固辞し、昨夜のはまぐれだと言い張った。

久留米が試合をあきらめて、真一郎に傷の手当てを命じると、昼餉を共にと、奥の部屋へ誘った。

真一郎の手当てを受けながら、榊は無口になり、表情を曇らせていた。

「兵武殿、痛むか」

善衛門が案じると、榊は我に返ったように明るい顔となり、

「いやいや、皮一枚切れ申したが、拳骨(げんこつ)を喰(く)らった程度ですよ。まったくもって、久留米先生はお強い。本気で打たれたら、今頃死んでおりましたぞ」

「不思議な男じゃな、おぬしは」

「はあ？」

「昨夜とは、まったく別人じゃ」

善衛門は、酒の力というのは、恐ろしいものだと思った。

榊が息子に問う。

「ところで真一郎、国へはすぐ発(た)てるのか。母上が楽しみに待っておるぞ」

「それが、すぐにとはいかぬのです」

「何ゆえじゃ」

「実は、借金をしておりまして、それを返さぬことには」

真一郎は、申しわけなさそうに言った。

「いくらだ」

「十両ほど」

「そのような大金、何に使うた。女か」

「いえ」

「ではなんじゃ」

真一郎は渋ったが、榊に問い詰められて白状した。

居候をしている家の者が重い病にかかり、医者代と薬代を出していたのだ。江戸に来て金になる仕事も見つからず、住むところにも困っていた時、原宿村の農家の老夫婦が、侍がいれば用心棒になると、空き部屋を使わせてくれたのだ。

朝と夜食べさせてくれたおかげで、剣の修行に励むことができたのだという。

「うむ。恩人のために作った借金なら、仕方あるまい。十両は、わしがなんとかしてやろう」

「まことでございますか」

「うむ。そのかわり、必ず仕官せねばならぬぞ。仕官して、親孝行いたせ」

「はい」

「ということで、葉山殿、甘えついでに、十両貸していただけませぬか」

急に振られて、善衛門は開いた口が塞がらない。

「国へ戻れば、こつこつ貯めた金がござるゆえ、すぐお返しいたす。人助けをした倅に免じて、このとおりにござるよ」

親子揃って頭を下げられた善衛門は、十両を出すことを承諾した。

「ただし、条件がある」

「なんでござるか」

「本多家の仕官が叶わなかった時は、真一郎殿、おぬしは江戸に戻ってまいれ」

「わたしに、何をしろと」

「我があるじも同様の、鷹司松平信平様の家来になれ」

善衛門は、借金までして恩人を助けようとした真一郎の気性が気に入り、信平の家来に推したいと思ったのだ。

信平が公家の出で、将軍家縁者の身分だと聞いた真一郎は驚いたが、善衛門は約束させると、久留米に昼餉を馳走になり、榊と二人で信平の屋敷へ帰った。

道場から道に歩み出た善衛門は、後ろにいる榊が何かを気にするそぶりを見せたので、立ち止まった。

「兵武殿、いかがした」

すると榊は、急に笑顔を作り、

「いや、なんでもござらぬ」

そう言うと、歩を速めた。

善衛門は首をかしげながらも、榊と共に歩みはじめたのだが、その後ろ姿を、物陰から見つめる者がいた。

「あの者、真一郎の父であったか」

そう言ったのは、師範代の岩田陣八だ。

「我らに、気付いておると思うか」

「酒に酔うていたらしく、何も覚えていないと言っていたそうです」

手下の門人が言うと、岩田が舌打ちをした。

「酒に酔うてあの強さとは、奴は化け物か」

「素面(しらふ)では弱いらしく、先生に一撃で負けたそうです」

「油断ならぬな。我らに気付き、わざと負けたのかもしれぬ」

「近いうちに、親子共々国へ帰ると言っています。このまま、大人しくしていたほうがよろしいかと」

「そうはいかぬ。昨夜仕事にならなかったせいで、儲けそこねた。近々もう一度やるぞ」
と、お頭から知らせがきた。用心棒としての役目を果たさねば、旨い酒にありつけぬ
「おれは、命のほうが惜しい。悪事が知られたかもしれぬのに、放っておかぬほうが
よいと思うが」
仲間の一人が、榊と善衛門を始末するべきだと言うと、岩田は、小柄が刺さった腕
の傷が痛むのか、腕を押さえて顔をしかめた。
「この傷の借りは返したいところだが、わざわざ進んで危ない橋を渡らずともよいで
はないか」
「では、このままにしておくのか」
「いや、お頭に動いてもらう。お頭は手下を殺されて気が立っておるゆえ、仇を見つ
けたと言えば、黙っていても始末してくれよう」
「なるほど。我らは、高みの見物というやつか」
「お頭は蛇の権六と言われるほど執念深いお人だ。必ず、始末してくれる。まあ、
討ち取られたとて、その時は、我らの罪を権六に被せればよいだけのことだ」
岩田はそう言うと、仲間の一人に命じて、権六の隠れ家に走らせた。

三

赤坂の信平邸では、まだ屋根よりも低い桜の若木が、満開の花を咲かせている。

春の陽気に誘われて庭に出た信平は、桜の花を愛(め)でる松姫の横顔を、愛(いと)おしげに見つめている。

「松」

「はい」

笑みを浮かべて顔を向けた松姫に、信平は歩み寄り、桜を見上げた。

「そなたとこうして花を見ることができ、麿は幸せじゃ」

「わたくしも」

信平は、松姫の手をにぎり、庭の奥へ誘った。

広大な敷地には、桜だけでなく、やまぶきの黄色い花や、遅咲きの桃の花が、春の庭を彩っている。

「これらは皆、佐吉が手掛けたものじゃ」

信平が教えると、松姫が驚いた。

「姿からは、想像できぬか」

松姫がくすくすと笑い、庭を眺めた。

「おこころの優しさが、景色に表れています」

「うむ」

信平は、緋毛氈が敷かれた長床几に姫を座らせ、横に並んだ。

信平と松姫は、何を話すでもなく、暖かな日差しの中でゆっくりと流れる時を楽しんだ。

互いに想い合いながら、長らく離れていた二人は、ただこうしているだけで、幸せなのだ。

侍女の竹島糸は、松姫が信平を想うて苦しんでいたのをそばで見ていただけに、幸せそうな姿を見ていると、目頭が熱くなるのだろう。縁側から見守りながら、目尻を拭った。

二人の邪魔をしてはならぬと、佐吉も中井も、家の軒先に控えている。

そんな中、台所で仕事をしていたお初が糸の所に来ると、声をかけた。

「糸殿、おつうが、奥方様のお好きな食べ物をお教えいただきたいと申しています」

「そうですね、奥方様は、煮鮑と胡麻豆腐、それと、湯葉などを好まれます」

お初が承知して下がろうとしたところへ、善衛門が帰ってきた。

「お初、殿はおられるか」

「奥方様と庭におられます」

「さようか。殿に客人を紹介したいと思うたのだが、今は、邪魔せぬほうがよいな」

機嫌よく言い、自室に入り、すぐに出てきた。

「ご老体、どなたか来られているので？」

佐吉が訊くと、善衛門は濡れ縁に出て、城へ上がった後のことを教えた。

「榊兵武と申すのだが、これがまた、おもしろい剣術を遣う男でな」

「どのような技でござるか」

「技と言えるかどうかは分からぬ。本人は気付いておらぬが、酒に酔うと、わしなど足元にも及ばぬほど強くなるのじゃ」

「刀を抜くようなことがござったのか」

「うむ。昨夜盗賊どもに出くわしてな。捕らえてやろうとしたのだが、思わぬ剣の遣い手であったゆえ、危うく命を落とすところだった」

榊に命を救われたと言うと、お初が言った。

「もしや、その盗賊。近頃江戸を荒らしている輩では」

善衛門が驚いた。

「何か知っておるのか」

「今朝五味殿がまいられて、殿に話されていました。狙われるのは、大火を免れた商家ばかりで、襲われたら最後、一人も生きていないそうです」

「まあ、そのような恐ろしいこと、聞きとうない」

糸が耳を塞いで下がるのを見て、善衛門がお初に訊く。

「まさか五味は、奥方様の耳に入れておるまいな」

「はい」

「うむ。五味にしては、心得ておるではないか」

善衛門がそう言うと、お初の機嫌が悪くなった、ような気がする。

善衛門は、お初を怒らせまいとしてぎこちない笑みを作り、戻られたら客間にお出まし願うよう頼むと、下がっていった。

松姫と共に庭から戻った信平は、善衛門と客人が待っていることをお初から知らされて、佐吉と中井と共に客間に向かった。

下座で平伏している男を一瞥し、上座に座ると、面を上げさせた。

「近江の浪人、榊兵武にございます」

「うむ。松平信平じゃ」

「はは」

「家の者から話は聞いた。善衛門と共に、盗賊一味を撃退したそうじゃな」

「そのことは、覚えておりませぬ」

「酒を飲むと、忘れる癖がござる」

善衛門が言い、賊と戦った時の様子を話した。

聞き終えた信平は、榊に顔を向けて口を開く。

「清国には、古代武術のひとつに、酒に酔うたような動きをするものがあると、師より聞いた覚えがある。榊殿は、清国の武術を遣うのか」

「いえ、それがしは、父親から伝授された一刀流を遣いまする。酒に酔うと強くなるのは、まぐれと申しますか、ただ、相手が弱かっただけかと。達人のように言われるのは、まったくもって、お恥ずかしい限りでございます」

佐吉が願い出た。

「殿、試合をしとうござる」

「榊殿、いかがか」

信平が問うと、榊が目を丸くして固辞した。佐吉のような大男を相手にしては、たとえ木刀でも死んでしまうと言い、顔を青ざめさせている。

「酒を飲めば、気が変わるのではござらぬか」

佐吉がそう言って、台所に行こうとしたが、信平が止めた。

「無理強いするは無礼だぞ、佐吉」

「はは」

佐吉が残念そうに返事をして、廊下に控えた。

「殿に、申し上げておくことがござる」

善衛門が居住まいを正し、榊の倅真一郎の人柄を見込み、本多家に仕官が叶わなかった時は、信平の家来にするようすすめた。

「もし、あの者が家来になれば、きっと、お役に立ちましょう」

「善衛門が見込んだ人物であれば、本多家が仕官させるのではないか」

「もしものことにござる。殿の家来に加わってくれればと、この年寄りが思うたのでござるよ」

「さようか、では、その時は、家来にいたそう」

信平の言葉に、榊が恐縮した。

「ちと、善衛門と話がある。他の者は、下がって良い」

信平は人払いをして、善衛門の様子をうかがった。

「善衛門」

「はは」

「麿の家来を増やそうとするは、善衛門が麿の家来になることを、許されなかったからか」

そう言われて、善衛門は、はっとした顔を向けた。

「と、殿、なぜそのことを」

信平は、家綱が母と慕う本理院から知らせを受けていたのだが、それについては言わなかった。

「麿の家来になれずとも、これまでどおりでよいではないか、善衛門」

「しかし、いつお役御免になるかと思いますと……」

「上様から命がくだることはないゆえ、安心いたせ」

「まことでござるか」

「麿は、そなたを家族と思うておる」

「殿ぉ」

善衛門は安堵と嬉し涙を流し、信平に頭を下げた。

「時に、善衛門」

「はは」

「昨夜出会うた賊のことであるが」

信平が話題を変えると、善衛門は涙を拭い、厳しい顔を上げた。

「五味が申していた残虐非道な連中ならば、遣い手が揃うていたはず」

「はい。逃げた者は、かなりの遣い手でござった」

「だとすると、榊殿が危ない」

「と、申されますと」

「賊はおそらく、五味が申していた蛇の権六一味。上方と中四国を荒らし回った盗賊だが、二月前に、大坂奉行所から、一味が江戸に向かったという知らせを受けていたらしい」

「いよいよ、動きだしたと」

「昨夜はそなたたちのおかげで被害はなかったそうだが、この一月で、大店ばかり二軒も被害に遭っているらしい。剣客を用心棒に雇っているが、厄介なのは、一味の者が、忍び崩れということじゃ。大坂では、賊を追っていた同心や与力が、何人か寝床で殺されたという。それゆえ、江戸の奉行所では、賊を恐れるあまり、本腰を入れて探索をする者がおらず、嵐が過ぎ去るのを待つようにしていると申していた」

「なんとも、情けない」

「榊殿だけでなく、善衛門、そなたも油断するな。狙(ねろ)うた相手は必ず仕留めるという執念深さから、蛇の権六と言われているそうじゃ」

「肝に銘じておきます」

出かけようとした善衛門に、信平が声をかける。

「どこへゆく」

「榊殿の息子に、用がござる」

「では、麿もまいろう」

「滅相(めっそう)もござらぬ。明るいうちに戻りますので、大丈夫でござるよ。襲うてきたら、左門字で退治してやります」

善衛門は御免と言って、出かけて行った。

「お初」

信平の声に応じて、お初が廊下に現れた。

「善衛門を頼む」

「かしこまりました」

「佐吉もゆけ」

「はは」

二人は、善衛門と榊を守るべく、あとを追った。

「信平様、町方に知らせたほうがようございませぬか」

中井に言われて、信平はうなずいた。

「では、それがしがまいります」

「うむ、頼む」

「はは」

中井は、信平から命を受けて嬉しいのか、明るい返事をすると、奉行所に走った。

「ご無礼いたします」

皆が出かけるとすぐに声をかけてきたのは、竹島糸だ。

糸は信平の前に座して頭を下げると、うかがうような顔つきで口を開く。

「おそれながら、信平様に申し上げます」

「ふむ」

「信平様は、御公儀より町の治安を守るお役目をいただいてございましょうや」

「いや」

「では、何ゆえ盗賊などを捕らえようとなさいます」

「此度は、関わっておらぬ」

「そうでございましょうか。先ほど葉山殿が、賊を退治するなどと申されて、張り切って出かけて行かれましたが」

「皆、江戸の安寧を乱されとうないのだ。罪なき者が泣き、悪人が笑う世であってはならぬと思うている」

「ですから、それは御公儀の役目。これでは、鷹司松平家のただ働きではございませぬか」

「家のことを想うてくれるのは嬉しいが、麿は、民を苦しめる悪人を許せぬのだ」

「そのことで、奥方様が危ない目に遭われてもですか」

「うむ?」

「悪人を成敗しているうちに、いつか、信平様や奥方様が仕返しされるのではないかと、心配なのです」

「何があろうと、麿が守る。加えて、松のそばには糸殿がおられるゆえ、安心じゃ」

「それはまあ、わたくしは、命にかえて奥方様をお守りいたしますが」

糸は、喜んでいるような、怒っているような、なんとも言えぬ顔つきをしている。

信平が、悪に立ち向かうことへの理解を求めて頭を下げると、糸は慌てて平伏し、渋々だが承諾した。

四

「お頭、いかがいたしますか」

手下に訊かれて、蛇の権六は、抱いていた若い男の裸体から離れると、襦袢を腰に巻いて手下どものもとへ出てきた。

隠れ家の庭には、岩田の使いで来た峡部館の門弟が、手下どもに囲まれ、地べたに座らされている。迂闊にここを訪れたのと、仕事の邪魔をした二人の老侍を始末させようとした岩田の魂胆が、権六は気に入らないのだ。

徳利の酒をぐびぐびと飲んだ権六は、怯えた目を向ける門弟の前に立つと、鉄漿に染めた歯を見せて、不気味に笑った。権六は、くノ一。四十を過ぎた、女忍びだ。誰に仕えるでもなく、忍び技を活かして盗みを働き、十余名の手下を束ねる大盗賊なのである。

権六は、襦袢で腰を隠しただけで、豊満な乳房を露わにしたまま、若い門弟の前に来ると顎をつかみ、唇が触れるか触れぬほどのところまで顔を近づけ、低い声で問う。

「手下を殺されたことは恨みに思うているが、仕返しをしないのが、我らの鉄則だ。何ゆえだか分かるか」

訊かれて、門弟はかぶりを振った。

「仇を討とうとすれば、我らの正体がばれる恐れがあるからだ。今もこうして、呼んでもいないのに、お前が来た。すでに奉行所が動いているかもしれないねぇ。昨日の今日だ、跡をつける者がいたら、どうなっていたと思う」

「そ、そのようなことは、け、決して——」

「ないという証が、どこにあるんだい」

門弟は、押し黙った。

権六は、門弟の顎を投げるように手を離すと、嘆息を吐いた。

「我らは江戸を去る。あの老人を斬りたければ、お前たちだけでやれ」

「い、いいのか。我らがしくじって捕まれば、岩田さんは、おぬしたちのことをすべて話すと言われた。御公儀から手配書が回れば、どこにも住めぬぞ」

門弟の口を制すように、権六が手下の腰から抜刀するや一閃(いっせん)し、首に当たる紙一重で止めた。

目を見張る門弟に、権六が厳しく告げる。

「こざかしいね。この首刎ねてやろうか」

門弟がごくりと唾を飲んだことで皮膚が触れ、微かに切れた。

権六が、恐ろしげな笑みを浮かべる。

「我らを見くびるんじゃないよ。お前らの口を封じるのは、水を飲むより容易いんだ」

「待て、待ってくれ。殺さないでくれ」

「ならば、一働きしてもらおうかね」

「な、なんでもする。何をすればいい」

「そうだね、せっかく手下の仇を教えてくれたんだ。我らがお膳立てしてやるから、お前たちがじじいを始末しろ。断れば、お前たちだけじゃなく、家族も皆殺しにするよ」

「わ、分かった。必ずやる」

権六は、刀を引いた。

きびすを返すと、

「ここを焼き払いな」

側近に命じ、若い男を連れて立ち去った。

峡部館に向かっていた善衛門は、先ほどから、黙然と何かを思い悩んでいる榊の様子をうかがっていた。

榊は、善衛門が話しかけてもうわの空で、必死に、何かを思い出そうとしているようにみえた。

「兵武殿、もしやそなた、何か思い出したのか」

「…………」

榊は応じず歩き続けている。

「おい」

善衛門が肩をつかんで止めると、榊が左右の人差し指でこめかみを押さえて言う。

「相手の目を思い出しそうなのですが、もやっとして、はっきりせぬのです」

「覆面をしておったのだ。仕方あるまい」

「いや、それがしは、目つきだけで、相手が分かるのです」

「まことか」

「はい。働いていた旅籠には、お忍びで来る客がおりましたが、女将や仲居たちは、覆面を着けた客の目を見ただけで、客が名を告げずとも、見分けておりましたから」

「それを、おぬしも身につけたのか」

「武士には必要のない特技と思うておりましたが、まさか、このようなかたちで役に立とうとは。とは申しても、思い出せぬのですから、やはり役に立ちませぬな」

「覚えておらぬのだから、仕方のないことじゃ」

善衛門は励ましたが、料理屋の暖簾が目に止まり、これだ、と手を打った。榊の袖を引っ張って店に連れ込むと、店の者に酒を頼んだ。

出された熱燗(あつかん)を榊にすすめながら、

「酒をどんどん持ってまいれ」

小女に頼み、猪口(ちょこ)ではなく、茶碗でぐいぐい飲ませた。

ちろりを三杯空にした頃には、榊は酔いが回り、ろれつが怪しくなった。そこを見計らい、善衛門が賊のことを訊くと、榊は何かを言いかけて、手を振った。

「だめだぁ」

そう言って外に出た榊の目は、何かを確信したらしく、厳しいものに変わっていたのだが、善衛門は気付かなかった。

止めるのも聞かず、一人で出ていった榊を追おうとしたのだが、勘定を求められて払っているうちに、はぐれてしまった。

「あの酔いどれめ、どこへ行きおったのだ」

榊が危ないという信平の言葉が脳裏をかすめた善衛門は、峡部館に急いだ。

その後ろを、佐吉が追ってゆく。この時お初は、一足先に出てきた榊を追っていた。

お初の警固が付いたことに気付かぬ榊は、峡部館に入ると、何食わぬ顔で稽古場に入った。久留米にあいさつをすませて見学を許されると、木太刀を振るっている門弟の一人一人に、目を配った。昨日ここで、盗賊と同じ目をした者がいたような気がしたのだが、それが誰であるかはっきり分からぬので、捜しているのだ。

榊のこころのどこかに、いてほしくないという気持ちがあった。倅真一郎が世話になっている道場に、凶悪な盗賊の仲間がいるとなると、本多家への仕官の邪魔になりかねないからだ。

だが、そんな榊の願いは、虚しく砕け散った。

門弟を相手に激しい稽古をする師範代が、盗賊と同じ目をしていたのだ。

見間違いだと、かぶりを振った榊だが、確かめずにはいられなくなった。師範代が賊の一味ならば、腕に傷があるはず。榊は、目を凝らした。すると、袖の奥に、晒しを巻いているのが見えた。その時榊は、門弟の中から鋭い目が向けられているのに気付き、師範代から目をそらした。善衛門が追い付いてきたのは、その時だった。

「これ、兵武殿、置いて行くやつがあるか」

「あっ、忘れており申した」

榊は惚けて、善衛門に頭を下げた。

「で、何か思い出したのか」

「いっこうに、だめですな。見る者がすべて賊に見えてきますので、どうにもなりませぬ」

「ならば、今すぐ倅に金を渡して、日が暮れぬうちに帰ろう。夜道は危ないからの」

「わっはっは、生娘でもありますまいに」

「年寄りは、夜道がいちばん危ないのだ。石ころにつまずいて、こけてしまうぞ」

善衛門が大声で言った時には、丁度稽古が終わり、やけに声が通った。それゆえ、若い門弟たちが失笑していたが、善衛門は構わずに、榊を急がせた。

善衛門が十両の包み金を渡すと、榊はありがたく受け取り、倅に渡した。

「真一郎、これで借金を返して参れ。明日の朝、江戸を発つぞ」

「明日ですか？」

「兵武殿、どうなされた、急に」

「いや、日取りの勘違いをしておることに気付きましてな、明日発たねば、城に上がる日に間に合わぬのです」

「それはいかん。もうすぐ日が暮れる、真一郎、急いで帰れ」

久留米が言うと、真一郎は慌ただしく帰り支度をした。

榊は倅のそばに行き、皆に聞こえぬように、待ち合わせの時刻と場所を告げた。

寅（とら）の刻に、道場近くの稲荷の前で落ち合うことにした親子は、久留米に江戸を去ることを詫び、道場をあとにした。

「弱気になるとは、わしも歳を取ったわい」

真一郎に十両の金を渡した帰り道、善衛門は、つい愚痴（ぐち）をこぼした。賊が襲ってくれば成敗してやるなどと、信平には強がったものの、蛇の権六一味の強さを思うと、榊を守る自信がなかったのだ。

榊は、この時にはもう、賊については何も言わず、江戸から逃げることだけを考えていた。世話になった善衛門には悪いと思いつつ、倅のために、黙って帰るつもりでいるのだ。

「葉山殿、ここでお別れいたす」

急に、榊が立ち止まった。

「なんじゃ、急にどうした。わしの別邸に泊まると申していたではないか」

「こちらの宿のほうが、明日の朝楽ですので」

榊は、旅籠の前で立ち止まっていた。

「ここへ泊まると申すか」

「はい」

「そう申すな。長旅には金がいるのじゃから、わしの別邸に泊まれ。明日はお別れなのだから、一杯飲もう」

榊はどうするか迷ったが、善衛門の誘いに応じた。

「では、お言葉に甘えて」

酒は自分が買うと言い、通りの酒屋に入った。

善衛門と榊が青山の別邸で酒を酌み交わしはじめた頃、真一郎は、原宿村に帰っていた。途中で、金貸しの家に寄り、利息を含めた九両と五分を返し、残りの五分は、なけなしの一両と共に、世話になった老夫婦に渡した。老夫婦の孫娘のおかよは、胸の病を患い、治療の甲斐なく、昨年の師走に他界していた。

二人だけになってしまう老夫婦は、真一郎が突然国へ帰ることを悲しんだが、長年の夢であった仕官が叶いそうだと聞いて、喜んでくれた。

おかよが生きていれば、仕官の話を断り、江戸にとどまったかもしれぬ真一郎である。明日、この家を離れるとなると、やはり寂しかった。本多家に仕官すれば、二度と江戸に来ることはできまい。

「今夜は、おかよの部屋で眠らせていただけませぬか」

真一郎は、両手をついて頼んだ。病床の身でありながら、真一郎には笑みしか見せなかったおかよを偲び、夜を過ごしたいと思ったのだ。

真一郎とおかよが恋仲であったことを知っている老夫婦は、真一郎の願いを許し、おかよの部屋に床を敷いてやり、形見の櫛を譲った。

真一郎は、おかよの形見を胸に抱き、床に横たわった。最後は、眠るように旅立ったおかよを想い、夢で会いたいと願いながら、眠りについた。

どれほど眠った頃か、真一郎は、気配に気付き、枕元の刀に手を伸ばした。だが、そこに刀はなく、頬に冷たい刃物を当てられて動きを止めた。

「何奴」

暗闇の中に人の気配があるだけで、何も見えなかった。

その気配の者は、真一郎の頰に刃物を当てたまま、低く、呻くような声で告げた。

「老夫婦の命が惜しければ、黙ってついてこい」

真一郎は、抗うことをあきらめた。

「分かった。そのかわり、家の者は攫わないでくれ」

賊は答えず、真一郎は縄を打たれ、部屋の外に連れ出された。老夫婦の部屋の前を通る時、障子の隙間から、有明行灯の薄明かりの中で眠る老夫婦の姿が見えた。その枕元に、黒装束の賊が控えていたが、気配を殺しているので、老夫婦はまったく気付く様子がない。

真一郎は胸の中で安堵し、賊の指示に従った。軒先に置かれた駕籠に押し込まれ、連れ去られたのだが、走っている最中に、駕籠の中に怪しい煙が漂いはじめ、甘い香りを嗅いだ途端に、深い眠りに落ちた。


葉山家別宅で眠っていた善衛門は、外の気配に目を開け、左門字をつかんだ。

榊も気付いて身を起こしたが、善衛門が手で制し、障子を引き開けて廊下に出た。

「曲者、そこで何をしておる！」

庭にうずくまる黒い影に言うや、左門字を抜刀した。その刹那、うずくまっていた黒い影が立ち上がりざまに、弓矢を放った。

善衛門は、空を切って飛ぶ矢をかわしたが、ふたたび庭に目を向けた時には、曲者の姿は消えていた。

立ち去る曲者を追うお初の影があったが、善衛門は、そのことには気付かずに、柱に突き刺さった矢を引き抜いた。その矢には、文が巻かれていたのだ。

「何ごとでござる」

榊が問うのには答えず、善衛門は蠟燭に火を灯(とも)した。

文を読もうとした時、障子を開けて佐吉が入ってきた。いるとは知らなかった善衛門と榊が驚き、危うく斬りかかるところだった。

善衛門が口をむにむにとやる。

「一言(ひとこと)声をかけぬか、馬鹿者」

「あいすまぬ。二人とも、無事でござるか」

「矢文を打たれただけじゃ。それより佐吉、おぬし何ゆえここにおるのだ」

「殿の命で、お初殿と二人で警固をしており申した」

「何、殿が？」

「はい」

「お初は」

「曲者を追っておられる。文にはなんと」

「おお、そうじゃ。今読もうとしておったのじゃ」

善衛門は、文に目を通すと愕然とした。

「いかん、兵武殿、真一郎が攫われた」

「なんですと！」

榊が文を奪うようにして読み、

「隠田村（おんでんむら）の浄光寺（じょうこうじ）をご存じか」

必死の形相で、賊が指定した寺への道順を訊いた。

「その寺なら知っておる。この近くだ」

善衛門が言い、左門字を腰に差した。

「ご老体、わしも助太刀いたす」

「ならん。文にはわしと兵武殿二人で来いと書いてある」

「二人では、殺されに行くようなものですぞ」

「お初が追っているではないか、お初なら、なんとかしてくれよう」

善衛門はそう言って笑うと、榊を連れて寺に向かった。

佐吉はこっそり追おうとしたが、

「いや、殿にお知らせせねば」

思いなおし、信平のもとへ走った。

五

「遅いねぇ。あたしゃ待つのが嫌いなんだよ」

権六が苛立ち、真一郎の前にしゃがんだ。

太腿の奥が露わになるのも気にせず、むしろ見せつけるようにして、真一郎の顎をつかむと、ぬめりと舌を出し、紅い唇を舐めた。

「なかなか良い面をしているじゃないか。このまま殺すのは、惜しいねぇ」

「父上に、何をするつもりだ」

真一郎が口を開くや、平手で頬をたたいた。

「しゃべるんじゃないよ、小僧」

「来ました」

手下が知らせ、本堂の明かりを吹き消した。夜明けの薄明るい部屋の中で、権六の手下が姿を隠している。

「連れて行きな」

権六が舌打ちをして命じると、真一郎は襟首をつかまれて、表に引きずり出された。

朽ちた廃寺の境内には草が伸び放題で、ところどころに、枯れすすきが立っていた。そのすすきの中に、潜んでいる者がいる。

「悪く思うな、真一郎」

声に応じて顔を向けた真一郎は、息を呑んだ。本堂の下にいたのは、襷がけをした岩田陣八だったからだ。

「岩田さん、これはいったい」

「見てのとおり、おれは山中たちと共に、遊ぶ金ほしさに盗賊の用心棒をしていたのだ。運よく仕官も決まったので、あと一度で辞めるつもりだったのだが、その最後の夜に、二人の老人に邪魔をされたのだ。それがまさか、お前の親父だったとはな」

「父上に、仕返しをするつもりですか」

「覚えていないと言っていたので見逃すつもりだったが、やはり死んでもらうことにした」

岩田が言うと、山中が抜刀し、真一郎の背後に立った。それと同時に、権六一味は本堂の中に姿を消した。

境内には、岩田と、手下の門弟二人が立ち、善衛門と榊を待っている。

一部が崩れた寺の土塀の外から、真一郎の名を呼ぶ声がして、二人の老侍が山門から入ってきた。

榊は、本堂に上がる石段の上に囚われている息子を見つけるや、無防備に駆け寄った。

「真一郎！」

「そこを動くな！」

岩田が怒鳴り、真一郎の後ろで、山中が刀を振り上げた。

「待て、斬るな。倅はなんの関わりもない。おぬしたちがやったことは、誰にも言わぬ。だから頼む、命ばかりは助けてやってくれ」

岩田が顔をしかめて口を開く。

「やはり、おれだと気付いていやがったか」

「兵武殿、おぬし、知っておったのか」

善衛門が責めるように問うと、榊が詫びた。

「倅のために、黙っておったのだ」

「何ゆえじゃ！」

「盗賊が師範代を務める道場に通うていたことが藩の耳に入れば、あらぬ疑いをかけられて、仕官の話がだめになると思うたのだ」

「馬鹿な、本多様は、こころの狭いお方ではない。関わりないのだからだめにはならぬ」

「黙れじじいども！」

岩田が怒鳴った。

善衛門は憤慨したが、真一郎のことを想うと、文句も言えぬし、動けなかった。

「二人とも刀を捨てろ！　こ奴を斬るぞ！」

「待て、待ってくれ」

榊は腰から大小を外し、投げ捨てた。

善衛門も仕方なく応じると、左門字と脇差を足下に置いた。

「ようし、ここへ来て、背を向けて座れ」

岩田の前を指し示すと、枯れすすきの陰から二人の門弟が現れ、善衛門たちに迫ってくる。善衛門は、これまでの命かと、覚悟を決めた。

一歩、足を踏み出した時だった。石段の上で刀を構えていた山中が、飛んできた手裏剣に足を貫かれた。

「ぎゃぁぁ」

太腿に突き刺さった手裏剣を見て目を見張り、足を抱えて倒れた山中の右にある本堂の角から、忍び装束のお初が現れて走り、真一郎を助けた。

「お初、でかした！」

善衛門は叫ぶと、自分に向かってくる門弟の一撃をかわし、左門字を抜刀した。

空振りした門弟が、背を返して斬りかかってきた。

善衛門は左門字で打ち払い、気合をかけて相手の脇腹を斬った。

門弟は、信じられぬという面持ちをしたが、すぐに呻き声をあげて倒れた。

舌打ちをした岩田が、刀を拾った榊と対峙した。

「この前のようにはいかぬぞ」

憎しみを込めた目で言うと、刀を正眼に構え、そこから下段に転じた。

対する榊は、正眼に構え、間合いを詰めた。じり、と動いた刹那、両者のあいだに裂帛(れっぱく)の気合がぶつかった。

「てや！」

「おう！」

斬り上げた岩田の一刀を、榊は上から押さえた。

刀がぶつかる音が響き、力負けした榊は、脇が上がったところを突かれ、危うく胴を斬られそうになった。かろうじて切っ先をかわしたものの、右腕を斬られ、手首から鮮血が流れた。

「どうした。酔うておらねば、その程度か」

痛みに顔を歪めた榊の前に善衛門が割って入ろうとしたが、門弟が立ちはだかった。

「そこをどけ！」

善衛門が猛然と前に出ると、門弟が怯み、尻餅をついた。

それには構わず前に出た善衛門は、

「とりゃぁ！」

岩田の横から斬りかかった。

岩田は善衛門の一撃をかわし、刀を振るってきた。

善衛門は左門字を右に立てて攻撃を受け止めると、擦り流して手首を返し、相手の背に斬りつけた。

だが、岩田は俊敏に飛び、切っ先をかわした。日頃から五名を相手に稽古をしているだけあり、強い。

善衛門は、刺し違える覚悟で左門字を構えたが、目の前に榊が割って入った。

「この前と違うのは、お前だけではないぞ、若造。酔うてないほうが、わしは強いのだ」

息を荒くしている榊は、下から睨むようにして言うと、血に染まる手で、刀を構えた。

「こしゃくなじじいめ」

岩田が胸を狙って突くと見せかけて、振り上げて打ち下ろした。隙を突かれた榊は、頭上で刀を横にして、刃を受け止めた。

岩田は血走った目を見開き、力まかせに何度も打ち下ろしてくる。

「死ね！」

岩田が刀を大きく振り上げ、渾身（こんしん）の一撃を振り下ろした。だが、刃は虚しく空を斬り、切っ先が地面にめり込んだ。

横へ逃げた榊に慌てた岩田は、すぐさま刀を振るったが、榊の刀が首を打つのが速かった。

岩田は呻き声をあげて刀を落とし、気を失った。

「お見事」

善衛門が死闘に勝った榊のもとへゆき、真一郎も駆け寄ってきた。

「おやまあ、あのじじいたち、なかなかやるじゃないのさ」

本堂の屋根から高みの見物をしていた権六が、手を振って合図した。

すると、配下の者たちが身軽に飛び降り、善衛門たちを囲んだ。

油断なく左門字を構えた善衛門が、賊を睨んだ。

「貴様ら、蛇の権六一味じゃな」

「父上、刀をお貸しください」

真一郎が榊から刀を受け取り、権六の手下どもと対峙した。

手下の六人は、善衛門たちの周囲を走って回りはじめると、徐々に、間合いを詰めてきた。

「油断するな、真一郎」

善衛門が言い、左門字を脇構えにすると、斬りかかってきた手下の胴を払った。

一撃で相手を倒した善衛門は、そのまま敵の輪の中に斬り込み、一人、二人と、相次いで倒した。真一郎も、峡部館の厳しい稽古を積んだだけのことはあり、二人を相手に戦い、見事に倒した。

「生意気な奴らだね」

権六はそう言うと、残りの手下と共に飛び降り、真一郎を襲った。

真一郎は振るわれた刀を受けたのだが、身を転じた権六に腹を蹴られて飛ばされた。

権六は、倒れた真一郎を一瞥し、忍び刀を顔の前で横にして榊兵武に迫った。寸前で地を蹴って飛び、幹竹割に榊兵武を斬ろうとしたが、唸りを上げて飛んできた手裏剣を弾き飛ばし、身体をひねって着地すると、忍び刀を構えた。

手裏剣を放ったお初に鋭い目を向け、その姿に、顔をしかめた。

「伊賀者だね、あんた」

権六が言ったが、お初は答えなかった。

権六は舌打ちすると、左の手の平を開き、下から振り上げた。手裏剣の束が投げられ、手前で生き物のように広がり、十本がお初を襲った。

お初は忍び刀で難なく弾き飛ばしたが、その隙に、権六が大きく後ろに飛びすさり、銀杏の大木を足場に跳躍し、本堂の屋根へ駆け昇った。

その後ろを、お初が追ってゆく。

善衛門は窮地に陥っていた。

新手の敵の中に、凄腕の男がいたのだ。

顔まで黒く塗ったその男は、善衛門が斬り下ろした左門字を手甲で受け流すと、肘で胸を打ち、回し蹴りで背を蹴った。

苦痛に顔を歪めた善衛門は、

「なんのこれしき！」

気合をかけ、左門字を地に突き立て、立ち上がろうとしたが、足に力が入らず、膝をついた。

男はにたりと笑い、両手に鉤爪を着けると、善衛門に迫った。鋭い鉤爪が善衛門に振り下ろされた時、善衛門は死を覚悟したが、眼前で鈍い音がした。

男の鉤爪を止めたのは、大太刀だ。

「佐吉！」

「ご老体、休んでおられよ」

佐吉が鉤爪を着けた右手をつかみ、ひねり上げた。

骨が砕ける音と共に男が悲鳴をあげ、左手の鉤爪を振るおうとしたが、佐吉は太刀をからめて動きを封じると、正面から頭突きを喰らわせた。

佐吉の頭突きを喰らった男は、白目をむいて気絶し、膝から崩れるように突っ伏した。

「無事か、善衛門」

信平の声に、善衛門が安堵の声をあげた。

「と、殿」

「遅うなった」

信平はそう言うと、周囲を囲む賊どもに、鋭い目を向けた。

「世を騒がす賊の一味か」

「頭目は、屋根の上に逃げました。お初が追っております」

信平はうなずき、賊どもに告げる。

「奉行所の者が向かっている。あきらめて、縄を受けることじゃ」

すると、賊どもは忍び刀を構え、恨みの声をあげて信平に襲いかかった。

相手が動いた刹那に前に飛んでいた信平は、狐丸を抜刀しざまに相手の脇腹を浅く斬り、次の敵に迫ると一閃し、刀をにぎる手首を斬った。

信平の凄まじい剣に怯んだ敵は、徐々に間合いを空け、一斉に背を返して逃げた。

山門から出ようとしたが、そこへ町奉行所の捕り方が駆け付け、逃げ道を塞いだ。

「御用だ！」

五味が怒鳴るや、自ら突棒（つくぼう）を振るって、鉄針で賊の着物をからめ捕り、地面に引き倒す。そこへ捕り方が飛び付き、賊を押さえ込んだ。

賊どもは山門をあきらめて、塀を越えようとしたが、もはや寺の周りは、奉行所の捕り方が包囲していた。

逃げられぬと思ったか、賊たちは刀を下げ、戦意をなくした。

屋根の上では、お初と権六の戦いが続いていた。

かつては大名家に仕えていた権六は、断絶により主家を失って以来、生きるために盗賊に落ちぶれていたが、腕は鈍っていない。

「伊賀者に恨みはないが、邪魔すると、生かしちゃおかないよ」

屋根の上で繰り広げられた死闘により、お初も権六も、傷を負っている。

太腿から血をにじませたお初は、妖艶な美しさを見せる権六が遣う技を受けながら、勝機を探っていた。

息を荒くするお初に対し、権六は、余裕を見せている。

「おや、みんな捕まったようだね、情けない」

そう言いつつも、不敵な笑みを浮かべ、

「なんだい、あの狩衣の小僧は。良い男じゃないか」

などと言いながら手裏剣を放ち、向かってきた。

お初は手裏剣を弾き飛ばし、権六の刃を受け止めた。刀をにぎる右腕を左手でつかんで動きを封じると、権六も同じようにお初の右腕をつかみ、顔を寄せてきた。

「蛇の権六は執念深いよ。お前の次は、あの狩衣の小僧の命をいただくからね」

権六がそう言うと、お初の怒りが爆発した。

権六の右手を、恐ろしいまでの力でひねり上げ、投げ飛ばした。屋根から地面に落ちた権六は、すぐに立とうとしたが、胸にお初の蹴りを喰らって仰向けに倒れた。

お初が馬乗りになり、権六は目を見開いた。

「顔はやめて！」

恐怖の声をあげたが、お初の怒りの鉄拳は、権六の鼻をへし折った。

気絶した権六から、お初は離れて見下ろした。

そこへ五味が駆け寄り、女盗賊を覗き込む。鼻がへし折られ、血だらけになった顔にごくりと喉を鳴らした。何も言わずに立ち去るお初の背中を見た五味は、鼻を押さえて痛そうな顔をした。

国へ帰った榊兵武から善衛門に手紙と十両が届いたのは、蛇の権六一味を捕らえて一月後のことだ。

松姫と二人で月見台に出ていた信平は、池に咲く菖蒲の花を見ていたのだが、善衛門から、榊親子が揃って本多家に召し抱えられたことを教えられた。

西国を荒らし回っていた大盗賊、蛇の権六一味を捕らえたのは、榊親子の働きによるものだということが膳所藩に届き、親子は召し抱えられたのだ。

善衛門が告げる。

「藩主俊次侯が、高禄をもって親子を召し抱え、倅真一郎は、嫡子康永殿の小姓に抜擢されたそうにござる」

信平は微笑んだ。

「それは、祝着」

「はあ」

「善衛門、嬉しゅうなさそうじゃの」

信平の問いに、善衛門はため息まじりに言う。

「殿の家来に欲しゅうござりましたので、残念でなりませぬ」

いたからだ。

信平は松姫を残し、善衛門と自室に戻った。女盗賊、蛇の権六のことが気になって

信平は、善衛門と向き合って問う。

「あの女盗賊の処罰は、決まったのか」

「一月後の斬首が決まったそうです」

「では、お初はそれまで戻らぬか」

くノ一である権六が逃げ出さぬよう、伊賀者が牢番(ろうばん)をしているのだが、お初もその役目を帯びているらしく、阿部豊後守に呼び出されたまま、信平の屋敷に帰っていなかった。

「お初のことですが、牢番をしているのではないようですぞ」

善衛門が豊後守から直接聞いた話では、お初は、権六一味が隠している財宝を探す役を帯び、西国に発っていた。

権六は厳しい拷問に耐えて口を割らなかったが、手下の一人が、それらしいことを白状していたのだ。

「その者が申すことがまことなら、これまで貯めた財宝は、数万両になるそうです。公儀はその金を見つけ出し、復興の資金にあてようとしてござる」

「さようか。権六がしたことじゃ。お初は、難儀をしておるまいか」

信平は心配し、外を見た。

月見台にいる松姫の周りで、黄色い蝶が舞っている。

本書は『十万石の誘い　公家武者 松平信平7』（二見時代小説文庫）を大幅に加筆・改題したものです。

|著者|佐々木裕一　1967年広島県生まれ、広島県在住。2010年に時代小説デビュー。「公家武者　信平」シリーズ、「浪人若さま新見左近」シリーズのほか、「若返り同心　如月源十郎」シリーズ、「身代わり若殿」シリーズ、「若旦那隠密」シリーズなど、痛快かつ人情味あふれるエンタテインメント時代小説を次々に発表している時代作家。本作は公家出身の侍・松平信平が主人公の大人気シリーズ、その始まりの物語、第7弾。

十万石の誘い　公家武者信平ことはじめ(七)

佐々木裕一

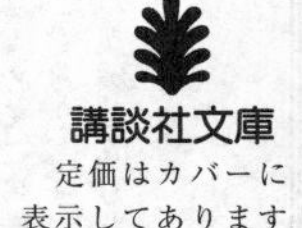

定価はカバーに
表示してあります

2022年2月15日第1刷発行

発行者——鈴木章一
発行所——株式会社　講談社
東京都文京区音羽2-12-21　〒112-8001
電話　出版（03）5395-3510
　　　販売（03）5395-5817
　　　業務（03）5395-3615

Printed in Japan

デザイン—菊地信義
本文データ制作—講談社デジタル製作
印刷———豊国印刷株式会社
製本———株式会社国宝社

ISBN978-4-06-527002-8

講談社文庫刊行の辞

二十一世紀の到来を目睫に望みながら、われわれはいま、人類史上かつて例を見ない巨大な転換期をむかえようとしている。

世界も、日本も、激動の予兆に対する期待とおののきを内に蔵して、未知の時代に歩み入ろうとしている。このときにあたり、創業の人野間清治の「ナショナル・エデュケイター」への志を現代に甦らせようと意図して、われわれはここに古今の文芸作品はいうまでもなく、ひろく人文・社会・自然の諸科学から東西の名著を網羅する、新しい綜合文庫の発刊を決意した。

激動の転換期はまた断絶の時代である。われわれは戦後二十五年間の出版文化のありかたへの深い反省をこめて、この断絶の時代にあえて人間的な持続を求めようとする。いたずらに浮薄な商業主義のあだ花を追い求めることなく、長期にわたって良書に生命をあたえようとつとめるところにしか、今後の出版文化の真の繁栄はあり得ないと信じるからである。

同時にわれわれはこの綜合文庫の刊行を通じて、人文・社会・自然の諸科学が、結局人間の学にほかならないことを立証しようと願っている。かつて知識とは、「汝自身を知る」ことにつきていた。現代社会の瑣末な情報の氾濫のなかから、力強い知識の源泉を掘り起し、技術文明のただなかに、生きた人間の姿を復活させること。それこそわれわれの切なる希求である。

われわれは権威に盲従せず、俗流に媚びることなく、渾然一体となって日本の「草の根」をかたちづくる若く新しい世代の人々に、心をこめてこの新しい綜合文庫をおくり届けたい。それは知識の泉であるとともに感受性のふるさとであり、もっとも有機的に組織され、社会に開かれた万人のための大学をめざしている。大方の支援と協力を衷心より切望してやまない。

一九七一年七月

野間省一